Andreas Mast
WIRKLICH DANEBEN
Kriminalroman

Bibliografische Information der Deutschen Nationalbibliothek:
Die Deutsche Nationalbibliothek verzeichnet diese Publikation
in der Deutschen Nationalbibliografie; detaillierte bibliografische Daten sind im Internet über dnb.dnb.de abrufbar.

Copyright © 2018 Andreas Mast
Herstellung und Verlag:
BoD – Books on Demand, Norderstedt

ISBN: 978-3-7481-5185-2

1

Er ist einfach ein furchtbarer Witze-Erzähler. Er kann im Grunde alles, zumindest gibt es nur wenig, das er sich nicht zutraut, aber Witze zu erzählen, sollte er doch besser lassen. Als ich meinen Sohn am Nachmittag auf einen schnellen Kaffee in meinem Büro zu Besuch hatte, erreichte er eine neue Stufe der Verstümmelung eigentlich ganz guter Witze.

Es fing damit an, dass nicht ein Ostfriese alleine mit seinem Auto auf dem Land unterwegs war, nein, um eben nicht eine bestimmte Gruppe von Menschen zu diskriminieren, mussten es schon gleich ein Ostfriese, ein Schotte, eine Blondine, ein Schwabe sowie ein Durchschnittsmensch sein, die gemeinsam in einem Auto durch die Gegend fuhren. Und nachdem es dann irgendwie zu einer Reifenpanne gekommen war, stiegen sie alle aus und es ging außerhalb des Wagens weiter, wo sich einer nach dem anderen den Schaden besah, ehe mein Sohn kein Wort mehr herausbrachte, weil er sich selbst plötzlich halb kaputtlachte. Als ich dann deshalb begann, mich noch mehr zu amüsieren, als ich es in seiner Gegenwart ohnehin immer tue, vergaß Matthias, so heißt der Gute, dass er die Pointe noch gar nicht erzählt hatte.

„Na, der war doch gut, oder?" meinte er nur.

„Enorm, aber sag mal, sind bei dir irgendwelche Schrauben locker?"

„Du hast ihn nicht verstanden?" fragte er mich allen Ernstes, während er sich mit einem Taschentuch die tränenden blauen Augen trocknete.

„Nun, ich weiß nicht so genau. Erzähl ihn doch erst mal zu Ende!"

Etwas irritiert schaute er mich an und ich half ihm auf die Sprünge.

„Was passierte denn, nachdem sich alle den platten Reifen angesehen hatten?"

„Hab ich das nicht erzählt?" fragte er noch irritierter.

Ich schaute ihn nur mitleidvoll lächelnd an.

„Oh, okay. Ja, einer von den Vieren, nein Fünfen, einer sagte, dass sie aber Glück gehabt hätten, denn der Reifen …"

Es folgte eine kurze Gedankenpause, dann ein neuer Versuch.

„Nein, einer meinte zu den anderen, der Reifen sei zum Glück nicht …"

Erneut fand er das Ende nicht.

„Jetzt weiß ich gerade nicht mehr, was er sagte. Irgendwas in die Richtung, dass es ja nicht so schlimm sei, weil ja noch Luft im Reifen war. Oben. Platt war er ja nur unten. Verstehst du?"

Fragend sah er mich mit von Freudentränen erfüllten Augen an. Dann lehnte er sich plötzlich zurück, schaute an die Decke und begann nachzudenken, über den Witz vermutlich. Und am Ende des Tages, davon war auszugehen, würde er beschlossen haben, ihn zukünftig nicht mehr zu erzählen. Zum Glück und dennoch auch irgendwie schade, denn auf eine schlichte Weise war es, richtig erzählt, ein guter Witz. Und noch dazu besaß er einen Hauch von Wirklichkeit. Viel zu oft nehmen wir doch nur das Offensichtliche wahr.

Ich erlöste ihn von seinen Qualen, indem ich ihn nach seinem Studium fragte, das er irgendwie scheinbar nebenbei verfolgte, wie sonst konnte es sein, dass er schon wieder in meinem Büro saß. Sofort war er mit allen Sinnen beim neuen Thema, für das alte würde er im Laufe des Tages noch genügend Zeit haben. In aller Kürze brachte er mich mit feurigem Blick und gestikulierenden Händen auf den neuesten Stand und gab mir einen Überblick über seine jüngsten theologischen Erkenntnisse, denen ich nur bedingt folgen konnte. Nicht, dass ich mich nicht dafür interessierte, aber die meisten Dinge blieben mir dabei doch recht fremd.

Nachdem wir uns für den kommenden Tag erneut zum Kaffee verabredet hatten, erhob sich der eins vierundachtzig große, schlanke, etwas schlaksig wirkende junge Mann mit dunkelblondem, kurzem Haar vom etwas unbequemen Stuhl vor meinem mächtigen Schreibtisch und ging seines Weges. Derweil widmete ich mich an diesem weitestgehend harmlos und langweilig anmutenden Tag wieder einem längst überfälligen Bericht eines längst abgeschlossenen Falles. Ich hasse es, Berichte zu schreiben und war letztlich glücklich, diesen einige Zeit später zu Ende gebracht zu haben; wohl wissend, dass auch er maximal zur Note *Ausreichend* taugen würde, würde man ihn gründlich durchsehen und nach schulischem Bewertungssystem benoten. Davon, dass ihn aber überhaupt irgendwann irgendjemand nochmals ernsthaft in die Hand nehmen würde, war zum Glück nicht auszugehen, auch weil es sich um einen viel zu klaren und unspektakulären Fall handelte.

Wenngleich mir Berichte zu komplexeren Fällen noch mehr Disziplin und Anstrengung abverlangten, waren es dennoch genau diese schwierigeren Fälle, deretwegen ich Gefallen an meinem Beruf hatte. Ich hatte gewiss keine Freude an einem Mord, weil ich dadurch etwa auf meine Kosten käme, es war vielmehr so, dass gesagt wurde, ich wäre nicht der Schlechteste darin, komplexe Situationen und Zusammenhänge zu erfassen und dadurch auch schwierigere Fälle zu lösen. Die Anlässe, die mich meine Fähigkeiten ausschöpfen ließen, waren bislang logischerweise nie schön, aber ich bin froh, dass ich dabei hin und wieder helfen konnte, Licht in ein Dunkel zu bringen und dadurch vielleicht für einen Hauch von Klarheit oder vielleicht sogar Frieden im Leben derer zu sorgen, die sich im Unglück mit zu vielen Fragezeichen quälen mussten.

Es war Donnerstag. Das wurde mir wieder bewusst, nachdem ich mir zuhause mein Abendessen, Spagetti mit einer Fertig-Tomatensoße aus dem Glas, hatte schmecken lassen und mich in meinem Wohnzimmer auf dem Sofa niederließ, um durch die Fernsehprogramme zu zappen. Mehr als zwanzig Sender, keiner erachtete es jedoch als nötig, sein Programm an diesem Abend zumindest ein klein wenig auf mich abzustimmen. Reportagen, Schnulzen und die immer gleichen, selbst ernannten Comedians, mit den immer selben, unter der Gürtellinie liegenden Pointen. Keine Serie im Angebot, die einfach nur unterhalten wollte, indem sie auf einigermaßen niveauvolle Weise Situationen des Alltags pointiert darstellte, ohne dabei allerdings allzu ernst genommen werden zu wollen. Man kann nicht alles haben, es war eben Donnerstag.

So machte ich mich also stattdessen gegen einundzwanzig Uhr daran, in der Küche das Geschirr der letzten drei Tage zu spülen. Ich lebte alleine, war geschieden, und es lohnte sich einfach nicht, öfter damit anzufangen. Spülmaschine hatte ich keine. Ich kochte ganz gerne, betrieb aber auch diesen Aufwand nicht allzu häufig alleine um meinetwillen. Oft genug gab ich mich mit dem Pizza-Service, der Imbissbude um die Ecke oder einem Fertiggericht aus der Dose zufrieden.

Meine Küche war im Vergleich zum Wohnzimmer verschwindend klein, obgleich sie mir ausreichend Raum bot. Das Verhältnis beider Räume zueinander war vielmehr das Resultat eines für mich sehr geräumigen Wohnbereichs, der jedoch sehr sparsam eingerichtet war. Auf über vierzig Quadratmetern fanden sich lediglich eine Polstergarnitur, zum Teil unterhalb der Fenster in der Ecke stehend, ein Schränkchen, auf dem das große Fernsehgerät seinen Platz fand, ein kleiner Wohnzimmertisch und eine Schrankwand. Zwei Pflanzen, rechts und links neben dem Fernsehgerät, und einige Bilder an den freien Wandflächen rundeten die Einrichtung ab. Dunkler Laminatboden und weiße Wände sorgten dabei sowohl für die nötige Helligkeit als auch ein Gefühl der Wärme im Zimmer, was mir sehr wichtig war.

Nachdem die Küche halbwegs in Ordnung gebracht war, machte ich mich wieder auf dem Sofa breit und begann das Kreuzworträtsel der Fernsehzeitschrift zu lösen. Bis mir dabei vor Müdigkeit die Augen zufielen.

Es war bereits kurz vor Mitternacht, als mich das Telefon aus meinem unbequemen Schlaf riss. Es kam immer wieder vor, dass das Verbrechen einfach nicht warten konnte oder wollte. Ich war müde, daher nicht bester Laune, aber es war mein Beruf und so machte ich mich auf und war, nach einer kurzen Auffrischung im Badezimmer, bei der ich versuchte, den unrasierten, alt aussehenden Mann mit Geheimratsecken und dünner werdendem dunklen Haar weitestgehend zu ignorieren, eine knappe halbe Stunde später am Tatort des Verbrechens, zu dem ich gerufen worden war.

Der Tatort war ordnungsgemäß großräumig abgesperrt und der wichtigste Bereich mittels Baustrahler ausgeleuchtet. Nachdem ich außerhalb der Absperrung aus meinem Wagen gestiegen war und die letzten Meter zu Fuß ging, sah ich, dass sowohl die Kriminaltechniker der Spurensicherung, die wie ich ebenfalls aus Calw angereist waren, als auch der diensthabende Gerichtsmediziner wohl gerade ihre Arbeit aufgenommen hatten.

Wir befanden uns wenige hundert Meter außerhalb Wildbergs, einer kleinen Stadt mit nicht mehr als zehntausend Einwohnern, besagte zwanzig Minuten entfernt meiner Heimat und des Kommissariats, an dem ich stationiert war. In ländlichen Regionen gab es große Zuständigkeitsbereiche, gerade bei Schwerverbrechen, und dieses hatte in meinem stattgefunden.

Der Ort des Verbrechens lag an einer kleinen, einspurigen Straße, die hauptsächlich dem landwirtschaftlichen Verkehr dienen musste, denn die einzigen Lichter, die man entfernt sehen konnte, waren offenbar die eines Bauernhofs. Am Straßenrand, halb in einer Wiese, stand ein Pkw mit offener Fahrertür, aus der Stadt kommend dort abgestellt. Der Wagen des Opfers, wie man mir später sagte, vermutlich stehengeblieben infolge eines elektronischen Defekts.

Der Anblick der Leiche präsentierte mir ein weibliches Opfer, etwa im Alter meines Sohnes, wobei solche Schätzungen auf den ersten Blick auch fehlgehen können. Sie war ohne Zweifel eine hübsche junge Frau gewesen, niedergestochen mit mehreren Stichen und vermutlich daran gestorben. Auch wenn ich die Opfer der Morde, die ich zu untersuchen hatte, bisher glücklicherweise nie persönlich gekannt hatte, es stimmte mich jedes Mal mehr als traurig, wenn ich über die Auswirkungen für alle Beteiligten nachdachte und ich konnte von Zeit zu Zeit nicht anders. Der Gerichtsmediziner, ein freundlicher Meister seines Faches, blickte kurz zu mir auf und wir schenkten uns gegenseitig ein respektvolles Nicken, ehe er sich wieder seiner Arbeit widmete.

„Hauptkommissar Schulte, schön, dich wieder mal zu sehen, schade, dass es unter diesen Umständen sein muss", kam es plötzlich von hinten.

Etwas irritiert, aber nicht erschrocken, drehte ich mich um und erkannte sofort, wer mich da angesprochen hatte.

„Ja, das Vergnügen läge auch auf meiner Seite, Polizeiobermeister Klein", erwiderte ich die Begrüßung des uniformierten Kollegen, dessen Körpergröße von knapp über eins siebzig sich gerade noch so im Einklang mit seinem Namen befand.

Wir gaben uns die Hand, begannen jedoch nicht damit, weitere Nettigkeiten auszutauschen oder Fragen bezüglich des Wohles unserer Familien zu stellen. Dafür standen wir beide bereits zu sehr unter dem Eindruck des aktuellen Geschehens.

„Was kannst du mir dazu jetzt schon sagen?" fragte ich ihn mit Blick auf die Leiche, die gerade einer gründlichen Untersuchung auf Spuren jeder Art unterzogen wurde.

„Das Opfer heißt laut Personalausweis Hannah Klamm, war sechsundzwanzig Jahre alt und kam ursprünglich vermutlich hier aus Wildberg. Ich denke, ich kenne ihre Eltern vom Sehen und Reden her. Wenn es so ist, dann wohnte sie allerdings schon mehrere Jahre nicht mehr hier, sondern eben wie es der Ausweis und auch das Kennzeichen ihres Wagens besagen in Mannheim."

„Was hat sie zu dieser Zeit dann nur hier draußen gemacht?" fragte ich mich leise selbst, während Klein eine kurze Pause machte. Er griff dieses Thema jedoch sofort auf.

„Möglicherweise hatte sie eine Verabredung. Möglicherweise liegt der Fall auch ziemlich klar. Also Motiv kenne ich natürlich noch keines, aber einen Tatverdächtigen haben wir schon." Er zeigte in Richtung seines Streifenwagens, der einige Meter abseits im Dunkeln stand, in dem jedoch Licht brannte und man die Umrisse zweier Personen erkennen konnte.

„Er scheint ziemlich durcheinander zu sein, stammelt immer etwas von zwei Männern, die weggerannt seien. Aber als wir hier eingetroffen sind, kniete er blutverschmiert neben der Leiche, während die Tatwaffe nur ein paar Meter weiter in der Wiese lag. Weiß nicht, was ich davon halten soll."

„Die Fahndung nach den eventuell Flüchtigen habt ihr aber eingeleitet?" fragte ich ihn vorsichtshalber, während ich mich schon auf den Weg gemacht hatte, einen Blick in das Fahrzeug der Toten zu werfen. Bei meiner Anfahrt war mir keine Streife begegnet, kam es mir in den Sinn.

„Ja, auch wenn ich persönlich nicht wirklich glaube, dass es nötig ist, einige Streifenbesatzungen dürften bereits in der Umgebung Kontrollen durchführen und sogar der Hubschrauber soll demnächst im Anflug sein. Auf einen Spürhund warten wir auch noch, aber das kann dauern, da die wohl alle bereits im Einsatz sind", antwortete er, während er mir etwas zögerlich folgte.

Er war wohl leicht verblüfft, dass ich noch so wenig Interesse für seinen mutmaßlichen Mörder zeigte. Stattdessen fragte ich nach dem Wagen und erfuhr, dass er wohl nicht anspringen würde, dafür aber die Warnleuchte der Motorelektronik leuchtete. Genaueres würde man aber erst herausfinden, wenn sich Spezialisten das Fahrzeug angesehen hätten. Vielleicht wäre ja sogar daran manipuliert worden.

„Gibt es sonst irgendwelche Zeugen oder Hinweise für den Tathergang? Sag mir einfach alles, was ich noch nicht weiß!" forderte ich ihn freundlich auf.

„Verständigt wurden wir gegen halb zwölf von der Zentrale. Genau genommen um dreiundzwanzig Uhr zweiunddreißig. Der Anruf dort kam von einem älteren Mann, der mit seinem Hund hier noch eine Runde drehen wollte. Er ging aus Richtung der Siedlung über die Kuppe, hat dann wohl Schreie gehört und, wie er sagte, im Mondlicht die Umrisse einer heftigen Rangelei wahrgenommen. Sofort hätte er umgedreht, sei so schnell er konnte nach Hause gelaufen, von wo er den Notruf wählte."

„Wie viele Personen hat er gesehen?" unterbrach ich ihn, was ihn auch sichtlich irritierte.

„Na zwei, denke ich", erwiderte er verunsichert, „aber das haben wir nicht gefragt. Wir fuhren zu seiner Adresse und sprachen ihn nur kurz, wir wollten ja eigentlich nur wissen, wo genau wir hinmussten."

„Okay, dann werde ich das gleich nachholen müssen."

„Wie? Gleich? Das geht nicht, der Mann wird zu Bett gegangen sein. Wir sagten ihm, wir kämen am Morgen wieder, sollten wir noch etwas von ihm wissen wollen."

Ob ich für diese Haltung wohl Nachsicht zeigen musste? Immerhin wussten die Kollegen ja noch nichts von der Schwere der Tat, als sie mit dem Zeugen sprachen. Und oft genug verbarg sich hinter solchen Anrufen tatsächlich auch falscher Alarm. Warum sollten sie also besonderes Interesse an den Tag gelegt haben?

„Tja, ihr konntet es ja noch nicht wissen, um was es hier gehen würde, aber unter den gegebenen Umständen muss ich ihm so bald wie möglich einfach noch ein paar Fragen stellen. Denn wenn er drei Personen gesehen hätte, dann würde uns schließlich mindestens eine sicher noch fehlen. Und wir wollen ja nicht, dass diese Person einfach so davonkäme."

Er fuhr sich mit der Hand durch seine kurzen braunen Haare und schwieg etwas betreten, als ob er nun verstanden hatte, um was es hier ging. Und er wurde nicht glücklicher, nachdem ich ihn gebeten hatte, mich gleich zu dem Mann zu begleiten. Gleich nachdem er mir zu Ende erzählt hatte, was er sonst bereits wusste, und nachdem ich mich hier natürlich noch ein wenig umgesehen hatte.

„Was ist mit eurem Tatverdächtigen?" fragte ich und machte mich auf den Weg zum Streifenwagen, in dem dieser zusammen mit dem Streifenkollegen von Klein saß.

„Wie gesagt, etwas verwirrt, völlig blutverschmiert. Die Tatwaffe lag einige Meter weiter in der Wiese. Er kniete neben dem Opfer, als wir kamen …"

„Das hast du mir schon erzählt", unterbrach ich ihn. „Ich meine, gibt es einen Namen, ist er polizeibekannt, solche Sachen."

„Benjamin Michels. Nicht polizeibekannt, aber seine Eltern kennt man hier in der Stadt gut. Angesehene Unternehmer mit gutgehender Firma. Er wohnt wie seine Eltern hier im naheliegenden Vorort. Er hat bis jetzt noch nichts Brauchbares von sich gegeben, erzählt aber laufend von zwei Männern, die abgehauen seien, und beklagt sich, wie beschissen das Leben doch sei. Wenn du mich fragst, dann gibt es …"

„Tut mir echt leid, aber ich frage dich das nicht!" stoppte ich ihn erneut, bevor er Schlüsse zog, die möglicherweise viel zu voreilig waren.

Ich öffnete eine der hinteren Türen des Streifenwagens, stellte mich nur kurz vor und sagte zu dem jungen, kräftig wirkenden Mann, dass ich ihn auf der Wache bald gerne etwas ausführlicher befragen würde. Zuvor müsse sich lediglich die Spurensicherung noch intensiv mit ihm auseinandersetzen und wenn er wünschte, dass irgendjemand informiert wurde, seine Eltern beispielsweise, dann müsse er es nur sagen und die Kollegen würden sich darum kümmern.

„Lassen Sie die nicht entkommen!" war das Erste, was er mir mit Tränen in den Augen und leerem Blick in meine Richtung voller Schwermut entgegenbrachte, während ich auf ihn einredete. Nach dem, was mir Klein erzählt hatte, hatte ich erwartet, dass er etwas Derartiges sagen würde, und ich wollte, dass er von alleine damit herauskommt, dennoch überraschte mich seine Aussage. Das heißt, es überraschte mich weniger die Aussage, sondern viel mehr die Art und Weise, wie sie auf mich wirkte, nämlich absolut überzeugend. Es regte sich in mir nicht der kleinste Zweifel, dass das, was er sagte, nicht die Wahrheit sein könnte. Ungewöhnlich, denn normalerweise reagierte ich auf solche Schuldzuweisungen immer mit sehr viel Skepsis, zumindest solange ich die Fakten nicht umfassend kannte. Es schien ein interessanter Fall zu werden.

„Wir werden alles tun, um den Fall aufzuklären", antwortete ich routiniert. „Wen sollen wir nicht entkommen lassen? Erzählen Sie mir, was Sie über *die* wissen."

„Ich weiß nichts, weiß nur, dass es zwei waren. Sie sind weggerannt, als ich näher kam", erwiderte er verzweifelt. „Ich wollte ihnen hinterher, aber da habe ich sie am Boden gesehen, wie sie blutete und schon nicht mehr da war. Ich dachte, das kann doch alles nicht wahr sein. Es ist einfach zum …" Er brachte den Satz nicht zu Ende, senkte nur schüttelnd den Kopf und starrte ins Nichts.

Mit der Erinnerung daran, dass wir uns in Kürze auf der Polizeiwache ausführlicher unterhalten würden, was er mit einem Nicken kommentierte, ließ ich ihn im Wagen zurück und bat die Kollegen der Spurensicherung darum, sich seiner schnellstens anzunehmen. Dann wandte ich mich wieder Klein zu.

„Sonst gibt es keine Zeugen? Nur den Mann mit dem Hund und ihn? Was ist mit den Leuten, die hier direkt am Rand der Siedlung wohnen, und was ist mit dem

Hof da draußen?" fragte ich mit einem Fingerzeig in Richtung der Lichter, die in einigen hundert Metern zu sehen waren. „Wärst du so nett und würdest dich darum kümmern, dass dort möglichst bald eine Streife anklopft? Ein paar von denen, die schon schlafen, werden ohnehin aufwachen, wenn nachher auch noch der Hubschrauber seine Runden dreht."

Klein machte sich einige Notizen auf seinem kleinen Block und bestätigte nur, dass bislang nichts von weiteren Zeugen bekannt war.

„Bevor ich mich mit deinem Tatverdächtigen unterhalte, will ich jetzt eigentlich nur mit dem Spaziergänger noch reden. Würdest du bitte vorfahren und ihn schon mal für mich aus dem Bett holen!"

Entgegen seiner insgesamt überaus freundlichen Art, die ich sehr an ihm schätzte, schien es, als nähme er meine mit einem sanften Lächeln verknüpfte Aufforderung nun doch etwas genervt zur Kenntnis. Ein Zustand, der sich nicht verbesserte, als ich ihm, nachdem er trotz allem so nett war, mir zu beschreiben, wo der Zeuge wohnte, eine weitere Aufgabe, die mir spontan in den Sinn gekommen war, mit auf den Weg gab. Ich bat ihn, sich kundig zu machen, wo hier in der Gegend am Donnerstagabend etwas los war und zwei Männer von jungem bis mittlerem Alter möglicherweise ihre Zeit verbracht haben konnten, bevor sie sich auf etwas anderes einließen.

Die Spurensicherung machte unterdessen fleißig und akribisch ihre Arbeit, während ich mich zu Fuß auf der Straße einige Meter vom Tatort entfernte und die Dunkelheit der Nacht in Verbindung mit dem Wissen um die Tatsache, dass hier vor kurzem das Leben eines jungen Menschen sein Ende fand, auf mich wirken ließ. Es machte keinen Sinn, darüber nachzudenken, wer hier der Mörder und was genau geschehen war, ohne die Erkenntnisse der Spurensicherung oder die genauen Schilderungen der Zeugen gehört zu haben. Gestört wurde ich in meinen Gedanken lediglich von vereinzelten Regentropfen, die mir angesichts der noch nicht abgeschlossenen Spurensicherung etwas Kummer bereiteten, und vom Anruf meines jüngeren Kollegen der Kripo, der sich für seine Verspätung, die er auf eine Magenverstimmung zurückführte, entschuldigte.

Jens Sauer, so sein Name, war im Grunde ein zuverlässiger Partner, bis vor einiger Zeit klagte er als Freizeitfußballer höchstens über die eine oder andere Prellung, die er sich bei der relativ regelmäßigen Ausübung seines Hobbys zugezogen hatte. Nicht zuletzt des Fußballs wegen war er sehr gut trainiert und wenn es brenzlig wurde, was zum Glück nicht sehr häufig vorkam, konnte man sich im Schatten seiner Größe von mehr als eins neunzig recht sicher fühlen. Sein schlankes Gesicht war meist so schlecht rasiert wie meines, seine schwarzen kurzen Haare zeigten anders als die meinen jedoch noch keine Auflösungserscheinungen und waren zumeist gut, aber nicht übertrieben gestylt. Da er seine jugendliche Ausstrahlung recht konsequent mit entsprechend lockerer Kleidung untermauerte, kam es immer wieder vor, dass er Erstaunen hervorrief, wenn er seinen Dienstausweis zückte.

Wir verabredeten, dass er sich zunächst ebenfalls den Tatort ansehen sollte und wir uns dann in Wildberg auf der Wache treffen würden, wo ich mich ja mit Michels unterhalten wollte. Alles Weitere würden wir dann dort klären.

Nachdem ich Klein einige Minuten Vorsprung gegeben hatte, machte ich mich auf den Weg zu dem Mann, der das Unheil gemeldet hatte.

Der Spaziergänger war tatsächlich schon zu Bett gegangen, machte Kollege Klein jedoch angesichts der Sachlage keinen Vorwurf, ihn dort wieder herausgeholt zu haben. Das Gespräch mit ihm brachte allerdings keine großartigen Erkenntnisse, lediglich die, dass er seinen Hund wohl nicht gut genug erzogen hatte. Wann immer dieser sich lautstark Aufmerksamkeit verschaffe, müsse er mit ihm Gassi gehen und sei es mitten in der Nacht. Ob sein Hund dieses Mal zur rechten Zeit seinen Kopf durchgesetzt hätte, wollte er wissen und war durchaus betroffen, als ich dies verneinte. Gesehen hatte er nichts Deutliches, er konnte also nicht bestätigen, dass es sich um genau zwei Personen handelte, die dort unsanft zugange waren. Nur dass die Schreie der Tonlage nach im Wesentlichen weiblicher Gattung gewesen sein mussten, dessen war er sich gewiss. Hilfreiche Wortfetzen habe er dabei aber auch nicht aufgeschnappt, er sei in dem Moment viel zu aufgeregt gewesen und hätte sofort kehrtgemacht.

Ich denke, das war für ihn durchaus die gesündere Entscheidung gewesen, vielleicht allerdings hätte es dem Opfer das Leben gerettet, wenn er sich auf irgendeine Weise bemerkbar gemacht hätte, ohne dabei sein eigenes gleich aufs Spiel zu setzen. Ich erwähnte diesen Gedanken nicht, es war nicht meine Aufgabe, ihm Schuldgefühle zu vermitteln; und dies wäre auch nicht fair gewesen. Keine Ahnung, wie ich mich an seiner Stelle verhalten hätte.

2

Es war etwa Viertel nach eins, als ich mich aufmachte, um den Tatverdächtigen, als den ihn Klein bereits eingestuft hatte, etwas ausführlicher zu befragen. Ich fuhr die paar Minuten zur kleinen Wache vor Ort, wo ich zunächst weitere zehn Minuten warten musste, ehe Klein, der nochmals zurück zum Tatort gefahren war, mit einem Kollegen und dem vermeintlichen Täter eintreffen würde. Auch Kriminalkommissar Jens Sauer, mein verspäteter Kollege, sollte sich dann in ihrem Gefolge befinden.

Ich nutzte die Zeit bis dahin, um die Situation in Gedanken soweit ich konnte zu überblicken, auch wenn es eben noch nicht viel zu überblicken gab. Da war das stehengebliebene Auto der sechsundzwanzigjährigen Hannah Klamm, der blutverschmierte und aktuell nicht besonders zurechnungsfähig scheinende Benjamin Michels, etwa gleichen Alters, und ein lautstarkes Handgemenge mit Todesfolge. Hannah Klamm war vermutlich nicht ohne Grund am Ort des Verbrechens, dafür lag dieser zu abgelegen. Benjamin Michels' Betroffenheit ließ erahnen, dass er der Grund dafür gewesen sein könnte. Was dort dann allerdings genau passierte, keine Ahnung. In jedem Fall erschien es mir, als konnte es unmöglich geplant gewesen sein, andernfalls wäre es doch wohl kaum zu einem derart auffälligen Kampf gekommen.

Alleine aufgrund dieser Zusammenhänge nun von Benjamin Michels bereits als Tatverdächtigem zu reden, erschien mir nicht nur aufgrund meines Gefühles etwas übertrieben. Schließlich wurde er lediglich dabei ertappt, wie er sich verzweifelt um das Opfer kümmerte. Woran ich allerdings nicht vorbeikam, war, zumindest einen gewissen Anfangsverdacht gegen ihn zu hegen, der mich auch dazu verpflichtete, gegen ihn zu ermitteln. Ich war zwar angesichts meines Eindrucks hinsichtlich seiner kurzen Aussage am Tatort der Meinung, dass der oder die Täter noch frei herumliefen, das Problem war jedoch, dass es dafür bislang keine Anhaltspunkte gab, und so lange sich das nicht änderte, konnte ich Michels nicht einfach außer Betracht lassen. Dafür waren mein Gefühl und seine Geschichte von zwei flüchtigen Männern, die spurlos verschwunden waren, dann doch zu wenig.

Wie auch immer, zum einen war ja wohl ein Hubschrauber im Anflug und zum anderen erwarteten wir einen Spürhund als Ergänzung des Teams. Möglicherweise waren auf diese Weise bald Spuren der wahren

Täter zu finden. Ich war mir sicher, dass es Benjamin Michels nicht war. Noch.

Das Gebäude der kleinen Polizeiwache war klein und spärlich eingerichtet. Es gab zwei Büros, von denen ich eines als Vernehmungsraum missbrauchte, eine Ausnüchterungszelle für gelegentliche Ruhestörer und einen Umkleideraum mit Dusche und WC. Sollten wir Michels tatsächlich vorläufig festnehmen, würden wir ihn sicherlich nicht in diesen Räumlichkeiten unterbringen.

Klein und sein Kollege machten sich unmittelbar nach ihrer Ankunft wieder auf den Weg. Einerseits mussten sie Hannah Klamms Eltern die traurige Nachricht überbringen und andererseits hatte Benjamin Michels auf der Fahrt hierher doch noch um die umgehende Benachrichtigung seiner Eltern gebeten.

Während ein Beamter sich im anderen Büro der Aufgabe annahm, für uns alle einen Kaffee zu machen, setzte ich mich mit Kollege Jens Sauer, der sich allerdings bei der Vernehmung komplett zurückhalten würde, und dem jungen Michels an den leergeräumten Schreibtisch eines Raumes, der nicht mehr zu sein schien, als eine Abstellkammer für Kartons mit irgendwelchen Akten, die keiner mehr brauchte. An den Wänden hingen diverse alte Plakate mit längst überholten Vorschriften und das eine oder andere Bild ehemals hier beschäftigter Polizisten. Kein sehr wohnlicher Raum, aber das Licht war zumindest hell genug, die

Lampe schien erst in jüngerer Zeit erneuert worden zu sein.

Benjamin Michels saß zusammengesackt auf seinem Stuhl, mit leerem, nach unten gerichtetem Blick, und immer wieder schüttelte er leicht den Kopf, als konnte er noch nicht fassen, was in den letzten zwei, drei Stunden geschehen war. Seine komplette Körperhaltung, die hängenden Schultern und die fehlende Spannung, stand komplett im Widerspruch zu seiner athletisch kräftigen Figur. Er hatte in etwa die Körpergröße meines Sohnes. Die braunen Haare auf seinem Haupt machten den Eindruck, als habe er sie sich in den letzten Stunden intensiv gerauft, und das relativ schmale, etwas kantig wirkende Gesicht hatte nicht gerade eine gesunde Farbe. Auch die Kleidung passte keineswegs ins Bild. Er trug die Jacke und die Ersatzhose eines Beamten, die dieser in seinem Streifenwagen dabei hatte, denn die Spurensicherung hatte darauf bestanden, seine blutverschmierten Kleidungsstücke komplett zur Analyse in Verwahrung zu nehmen. Dafür, dass seine Eltern ihm frische Sachen zum Anziehen brächten, würde Klein schon sorgen, hoffte ich.

„Sie müssen mir nichts erzählen, wenn Sie nicht wollen. Sie wurden blutverschmiert beim Opfer angetroffen, die vermeintliche Tatwaffe nur wenige Meter weg, kein Mensch sonst in der Nähe. Und da es von Ihrer Aussage abgesehen noch keine Hinweise auf weitere Beteiligte gibt, stehen Sie alleine deshalb in gewisser Weise unter Verdacht, selbst der Täter zu sein. Von daher dürfen Sie die Aussage verweigern und können sich zuerst mit einem Anwalt beraten." Gemäß der Vorschriften erklärte ich ihm alle seine Rechte, nachdem ich mein kleines Aufnahmegerät eingeschaltet und auf dem Tisch abgelegt hatte. Er nahm meinen Vortrag mit einem gemurmelten *Ja* zur Kenntnis und auf diese Weise bestätigte er mir im Anschluss auch seine Identität. Angesichts des am Tatort bereits Ausgesagten verzichtete ich zu Beginn der Vernehmung auf die direkte Frage, ob er Hannah Klamm erstochen hätte.

„Sie kannten die junge Frau?" fragte ich ihn ruhig und in der Annahme, dass er dies bejahen würde.

Ein leichtes Nicken und ein kurzer Blick zu mir, der mir zeigte, wie sehr er litt, waren die stumme Antwort. Das Aufnahmegerät konnte damit nichts anfangen, aber diese Tatsache würde sicherlich im Laufe der nächsten Minuten erneut ausgesprochen werden. Ich wollte ihm Zeit geben.

„Was ist da draußen passiert?"

Wieder keine Antwort. Nur dieses immer wiederkehrende Kopfschütteln. Es schien, als würde er versuchen, seine Gedanken zu ordnen, sein Kopf musste wohl auf Hochtouren arbeiten. Ich ließ ihm einige Sekunden Zeit und musste es ihm noch einfacher machen.

„Hat sie noch gelebt, als Sie sie gefunden haben?"

Er hatte die Augen inzwischen geschlossen. Doch dann hob er seinen Blick, sah mich an und antwortete erstmals mit Worten: „Nein, ich glaube sie hat schon nicht mehr gelebt." Seine Stimme zitterte. Was geschehen war, nahm ihn offensichtlich zutiefst mit.

„Waren Sie dort mit ihr verabredet?"

„Ja, waren wir ..." Er zögerte. „Irgendwie schon. Aber nicht dort, weiter draußen am Waldrand, am Grillplatz. Ich hab dort auf sie gewartet." Er ließ den Blick wieder sinken.

Auf eine merkwürdige Art und Weise machte er den Eindruck, als wüsste er nicht, was er auf diese Frage antworten sollte.

„Was heißt *irgendwie verabredet*? Waren sie beide befreundet?"

Wieder brauchte er einen Moment. „Wir waren nicht zusammen, wenn Sie das meinen."

„Aber Sie wären gerne mit ihr zusammen gewesen?"

Er schaute mich plötzlich mit feuchten, aber wachen Augen an. „Früher ja. Aber heute, ich weiß nicht. Sie hat sich wahrscheinlich verändert."

„Und das hat Ihnen nicht gepasst?" versuchte ich, ihn leicht zu kitzeln.

„Was?" entfuhr es ihm etwas ärgerlich. Und dann legte er los: „Das hat doch überhaupt nichts damit zu tun. Wie ... wie kommen Sie darauf? Ich war dort am Grillplatz und habe gewartet. Dann hab ich gedacht, sie kommt. Hab Autolichter gesehen, das Auto hat aber angehalten. Warum, weiß ich nicht, aber ich bin dann losgegangen. Bis ich die Schreie gehört habe und gerannt bin. Als ich noch hundert Meter oder so weg war, hab ich gerufen: Was ist da los? Plötzlich sind zwei Typen aufgestanden und weggerannt. Und als ich da war, da sah ich sie liegen und ich bin zu ihr hin, wollte ihr helfen, aber ich kam zu spät."

Während er erzählte, wurde seine Stimme wieder unruhiger, und in der Erinnerung an dieses schreckliche Ereignis, das er noch Augenblicke zuvor für einen kurzen Moment bereits verdrängt zu haben schien, fiel er in den beinahe unzurechnungsfähigen Zustand zurück, in dem wir ihn am Tatort angetroffen hatten.

Alle drei saßen wir still da. Ich musterte Michels regungslos, zurückgelehnt auf meinem Stuhl, und musste mich nicht zwingen, dabei einen anteilnehmenden Blick aufzusetzen. Allerdings schaute er mir ohnehin nicht in die Augen oder ins Gesicht, er starrte stattdessen auf den Boden direkt vor ihm, saß nach vorne gebeugt, die Ellbogen auf den Oberschenkeln, den Kopf links und rechts mit den Händen aufgestützt. Sein Kopf wackelte immer wieder unruhig, ein echtes Schütteln war in dieser Haltung nicht möglich. Er verdrückte einige Tränen, während er so dasaß.

Der Kollege kam mit dem Kaffee zur Tür herein, stellte mir und Jens eine Tasse hin und eine auch dem Häufchen Elend gegenüber. Ich nippte daran und war mit dem Zuckergehalt zufrieden, nicht jedoch mit der Milch, denn ich nahm üblicherweise keine. Benjamin Michels interessierte sich nicht im Geringsten für das Getränk.

Was wohl in ihm vorging? Ich dachte darüber nach, was in diesem Moment noch Sinn machte, aus ihm herauszuholen. Würde ich es schaffen, ihn zu einem Geständnis zu bringen, vorausgesetzt, er wäre der Täter?

Was, wenn er es nicht war und ich ihn zu sehr bedrängen würde? Hatte er diese Nacht nicht bereits genügend durchgemacht? Was, wenn er es war, ich ihm jedoch aus zu großer Fürsorge die Zeit gab, sich seine Geschichte besser zurechtzulegen? Er war es nicht, sagte mir mein Gefühl. Er kann es nicht gewesen sein, sagte mir der Eindruck, den er bei mir hinterlassen hatte, als er noch am Tatort darum gefleht hatte, *die* nicht entkommen zu lassen. Aber es war nun mal nicht meine Aufgabe, mich auf Eindrücke zu verlassen. Ich musste mich vielmehr beherrschen, dieser Gefahr nicht zu verfallen. Fakten zählten, allerdings gab es noch nicht allzu viele davon. Ich beschloss, dass ich mich nur noch um eines jetzt sofort bemühen würde: die Täter, von denen er sprach. Alles andere würde noch etwas warten müssen.

„Ich brauche Informationen zu den Tätern, von denen Sie sprachen. Aussehen, Alter, Herkunft, irgendwelche Auffälligkeiten, egal, alles ist wichtig", durchbrach ich die Stille, nachdem ich einen Schluck aus der Tasse genommen hatte.

Er ließ die Hände nach unten fallen, richtete sich etwas auf und hob den Kopf. Er schloss die Augen und man konnte an den Bewegungen und Regungen seines Körpers förmlich sehen, wie er versuchte, sich die Bilder vor Augen zu führen. Kopfschütteln. „Es waren zwei. Und es waren Männer, die hatten nicht die Figuren von Frauen. Einer war besser zu sehen, seine Kleider waren heller. Aber ich kann nicht sagen, was sie trugen." Er hielt inne.

„Hatten sie kurze oder lange Haare, dunkle oder helle?"

„Ich weiß es nicht. Vielleicht eher kurze Haare, lange wären mir wahrscheinlich aufgefallen. Aber mehr habe ich nicht gesehen, ich war ja auch noch weit weg."

„Können Sie etwas zum Alter der Männer sagen?"

„Keine Ahnung, so schnell wie die gerannt sind, können sie jedenfalls nicht allzu alt gewesen sein", antwortete er und wirkte dabei hilflos.

„Und sonst? Mehr können Sie nicht sagen? Wir brauchen jedes Detail!"

„Ich hab doch nichts erkannt, es war dunkel und der Abstand war zu groß", kam es nun genervt und frustriert zurück. „Es tut mir doch leid, dass ich nicht mehr sagen kann. Sowieso tut mir das alles leid." Er atmete tief durch. „Wäre ich doch bloß …"

Er brachte den Satz nicht zu Ende.

„Wären Sie doch bloß …", wiederholte ich fragend.

„Ach nichts. Hat nichts damit zu tun. Wirklich nicht!" sagte er kaum hörbar, überzeugte mich aber nicht.

Ich stand von meinem Platz auf und ging, meine Tasse in der Hand, ins andere Büro. Jens folgte mir unmittelbar. Ein Blick über die Schulter ließ mich wahrnehmen, dass Michels den Kaffee doch nicht verschmähte.

Ich musterte den im anderen Raum am PC sitzenden Beamten, der uns noch vor wenigen Minuten den Kaffee gebracht hatte. Er schrieb sicherlich gerade einen besseren Bericht als ich zuletzt.

„Würden Sie bitte die Kollegen der Spurensicherung und der Streife informieren, sich auch im weiteren Umkreis des Tatorts etwas genauer umzusehen? Spuren auf den Wiesen, auf dem Weg, insbesondere der Hund soll sich darum kümmern, wenn er da ist, und vielleicht finden sich ja doch unverhofft weitere Zeugen", wies ich ihn an. Nebenbei ließ ich mich in den bequemen Bürostuhl sinken, der gegenüber des Schreibtisches etwas seitlich im Raum stand, während sich Jens locker an die Wand lehnte und seinen Kaffee genoss. Ich fragte mich, ob es wirklich nötig war, die Kollegen am Tatort auf diese Aufgaben hinzuweisen, wussten sie doch eigentlich, was zu tun war.

Der Beamte grinste mich kurz an, um dann aber weiter zu tippen, während er reagierte. „Die von der Streife freuen sich sicher. Da ist das ganze Jahr über nichts los und keiner will in die Nachtschicht, weil man sich dabei im Normalfall bei uns beinahe zu Tode langweilt, und jetzt, wo einmal was passiert und man gefordert ist, wird es den meisten auch nicht recht sein."

„So ruhig ist es bei euch sonst?" antwortete ich mit hörbar ironischem Unterton und wandte mich danach Jens zu.

„Was machen wir denn nun mit ihm?" fragte ich meinen Kollegen und deutete per Kopf in Richtung des Raumes, in dem Michels saß.

„Ich denke, wir können gar nicht anders, als ihn vorläufig festzunehmen. Selbst wenn ich ihn so sehe und dazu neige, seine Geschichte zu glauben, gewisse Zweifel sind da, insbesondere weil wir sonst noch nichts in der Hand haben. Und ich hab keine Lust, irgendwann plötzlich das Gefühl zu haben, Leuten nachgejagt zu sein, die es nie gab, während er zuhause in aller Ruhe vielleicht Beweise vernichtet hat", analysierte Jens die Lage. „Wenn es auch gerade nicht den Eindruck macht, als könnte es so kommen, da geh ich lieber auf Nummer sicher."

Ich stimmte ihm nickend zu und ergänzte: „Ich glaube nicht mal im Ansatz daran, dass er es war, aber ich gebe dir Recht. Diese Geschichte ist zu ernst, als dass ich hier mit meinem Bauchgefühl kommen könnte. Soll er die Nacht in Calw verbringen und sobald wir etwas Handfestes haben, das seine Aussage stützt, kann er gehen, ansonsten bleibt uns auf diese Weise die Chance erhalten, uns morgen bei ihm zuhause umzusehen, ohne dass er dort vorher aufräumen konnte."

Das Risiko, das damit verbunden gewesen wäre, ihn gehen zu lassen, war meines Erachtens nicht sehr groß, aber wir hatten es mit einem Tötungsdelikt zu tun und um den Ermittlungserfolg nicht zu gefährden, mussten wir ihn einfach vorläufig festhalten.

Die Aufgabe, Michels am besten so bald wie möglich nach Calw bringen zu lassen, übertrugen wir dem anwesenden Beamten. Dort wäre er deutlich besser aufgehoben als hier und mir war es nicht Unrecht, wenn wir für eine weitere Befragung, so diese nötig sein sollte, morgen nur einen ganz kurzen Weg hätten. Den Gedanken daran, dass ich bis dahin eventuell gar nicht erst nach Hause zurückkehren würde, verdrängte ich schnell, denn die Hoffnung auf eine Mütze Schlaf, die mir sicherlich sehr gut tun würde, wollte ich noch nicht aufgeben.

Ich war stattdessen guter Dinge, dass wir bis zum Morgen deutlich schlauer sein würden als im Moment und dass sich uns dann aufgrund der ersten Ergebnisse der Spurensicherung am Tatort sowie dank der Fahndungsaktion ein vollständig verändertes Bild der Sachlage präsentieren würde. Am besten ein Bild, das Michels entlastete und uns klare Spuren im Blick auf die wahren Täter gab, hoffte ich. Andernfalls würden wir uns als Nächstes wohl tatsächlich um einen Durchsuchungsbeschluss für Michels' Zuhause kümmern müssen.

Jens und ich verließen den Polizeiposten und fuhren gemeinsam nochmals zum Ort des Verbrechens, um uns dort auf den aktuellen Stand der Dinge zu bringen. Ich ließ mein Auto stehen.

„Du hast den Tatort vorhin schon besichtigt?" fragte ich Jens beim Losfahren.

„Wirklich nur kurz, ich wollte dabei sein, wenn du Michels befragst. Tut mir leid, dass ich überhaupt erst so spät kam, aber ..." Er hielt sich mit der Hand den Magen und schaute mich mit verzogenem Gesicht kurz an.

So jung, dachte ich, und schon derlei Probleme, ab und an sprach er in der jüngeren Vergangenheit schon davon. Er sollte im Dienst vielleicht nicht so viel Kaffee trinken, was zu ihm auch nicht wirklich passte.

Ohne weitere Worte fuhren wir die restliche Strecke zum Tatort. Uns beiden war klar, dass wir uns nicht in Spekulationen verlieren wollten.

Erst als wir ausstiegen, stellte Jens die momentane Situation in aller Kürze richtig dar: „Wenn Michels die Wahrheit sagt, dann muss es Spuren des wahren Täters geben!"

Ich stimmte ihm nickend zu.

3

Um kurz nach sieben traf ich nach zwei knappen Stunden Schlaf im Kommissariat in Calw ein und war angesichts der Ereignisse der restlichen vergangenen Nacht bereits nach kurzer Zeit wieder komplett aufgewühlt. Geschlafen hatte ich zwar nur extrem kurz, dafür tief und fest, und auch beim Aufstehen war ich noch gelassen, aber je mehr Zeit nun verging, desto mehr regte ich mich auf.

Als wir in der Nacht erneut am Tatort eingetroffen waren, hatten die dort tätigen Kollegen der Spurensicherung noch nichts Neues für uns. Auch die Suche nach Zeugen durch zahlreiche hinzugezogene Beamte verlief bis dahin reichlich erfolglos und blieb es auch die nächsten zwei Stunden, ehe wir uns von dort wieder verabschiedeten. Hubschrauberunterstützung sollte es entgegen der Ankündigung doch keine geben, da war wohl etwas Wichtigeres dazwischen gekommen, und dasselbe galt in ähnlicher Weise für den Hund. Von dem hieß es zwar weiterhin, er würde bald kommen, da es jedoch um kurz nach drei zu regnen begann und etwas später zwischendurch regelrecht schüttete, machte ich mir in dieser Hinsicht kaum ernsthafte Hoffnungen. Der Tatort selbst wurde zwar auf einigen Quadratmetern mittels eines Pavillons überdacht, aber drumherum gingen die Spuren, so es sie gab, im wahrsten Sinne des Wortes den Bach hinunter. Selbst eine professionelle Spürnase hatte unter diesen Umständen kaum mehr eine Chance.

Das war in groben Zügen die Nacht, wie sie mir Kopfzerbrechen bereitete, weil sie uns nicht weiterbrachte. Der Tag, der nun vor uns lag, erwartete uns dennoch mit einigen kleineren Neuigkeiten. Mit der ersten sogar noch bevor ich mein Büro erreicht hatte und zwar in Form einer Person, nämlich des Anwalts von Benjamin Michels, der mich auf dem Flur abfing.

Ich möge zukünftig davon absehen, seinen Klienten in seiner Abwesenheit zu befragen und bezüglich der Vernehmung der vergangenen Nacht würde er noch prüfen, inwiefern diese rechtlich zulässig war; gegebenenfalls würden entsprechende Schritte eingeleitet. Das alles erfuhr ich ohne jedes Hallo, geschweige denn eines Handschlags. Er war ein junger, aufstrebender Typ, gerade Partner einer kleinen, aber angesehenen Kanzlei geworden, piekfein gekleidet und ohne den Hauch des kleinsten Selbstzweifels an seiner Qualität. Ich hatte schon ein paar Mal mit ihm zu tun und es bereitete mir keine Freude, denn eine Vernehmung war in seiner Gegenwart meist keine Vernehmung mehr. Ständig funkte er dazwischen, ständig sollte sein Mandant die Aussage verweigern.

Ich ging davon aus, dass es die Eltern von Benjamin gewesen sein mussten, die diese Kanzlei eingeschaltet hatten, er selbst schließlich dachte noch vor wenigen Stunden in keinster Weise an einen Anwalt. Hoffentlich war Benjamin Michels ein Mensch, der für sich selbst reden konnte und sich nicht hinter allem versteckte, was ihm sein Vater möglicherweise an übertriebener Fürsorge entgegenbrachte. Hoffentlich war er eben kein verzogener, verwöhnter Bengel reicher und über allen Dingen stehender Eltern. Mir ging plötzlich durch den Kopf, ob ich befürchten musste, dass es ein Fehler war, die Vernehmung in der Nacht nicht doch ausführlicher gestaltet zu haben.

Nein, es war natürlich nichts dagegen einzuwenden, einen Anwalt einzuschalten, das war durchaus empfehlenswert. Nur war es der Lösung des Falles zuträglicher, wenn es einer war, der dem Ermittler zutraute, dass er möglichst unvoreingenommen sachlich und seriös mit einem Fall umging, und man auf dieser Basis dann tatsächlich auch zusammenarbeiten konnte. Dies war nun kaum mehr zu erwarten, dieser Rechtsvertreter würde mir voraussichtlich alles Misstrauen entgegenbringen, das man einer Person nur entgegenbringen konnte.

Nach seinem Monolog nahm ich kurzerhand mein Aufnahmegerät und spielte ihm die ersten Takte vor.

„Er hat keinen Anwalt verlangt!" fügte ich hinzu. „Also was tun Sie hier?"

Etwas überrascht hinsichtlich meiner Ignoranz gegenüber seiner Person fiel ihm tatsächlich keine Antwort ein. Stattdessen drehte er sich einen Moment später um und warf mir während er ging einen verächtlichen Blick über die Schulter zu. „Sie finden mich bei meinem Mandanten."

Die zweite Neuigkeit des Tages, dass die nächtliche Suche nach Zeugen im weiteren Umfeld des Tatorts auch weiterhin erfolglos verlaufen und gegen sechs auf ein Minimum reduziert worden war, brachte mir ein Kollege der vergangenen Nachtschicht, als ich mein Büro betrat. Einer der beteiligten Beamten hätte etwa eine halbe Stunde zuvor angerufen und nicht unbedingt freundlich geklungen, eher müde und genervt. Sie wären die gesamte nähere Umgebung mehrfach abgefahren und zum Teil abgelaufen, selbst im Stadtzentrum und in anderen naheliegenden Randbereichen wären sie gewesen, aber lange Zeit nichts und niemandem begegnet. Erst zur frühen Morgenstunde, als sich die ersten Anwohner bereits wieder auf den Weg zur Arbeit machten, hätten sie dem einen oder anderen kurz einige Fragen gestellt, aber scheinbar hätten diese alle tief und fest geschlafen und nichts mitbekommen. Das wäre auch zu schön und einfach gewesen, dachte ich ärgerlich.

Weitere Informationen lagen in Form zweier Notizzettel auf meinem Schreibtisch. Eine ausführlichere Notiz besagte zweierlei. Zum einen sei die vermeintliche

Tatwaffe mit größter Wahrscheinlichkeit auch die tatsächliche, allerdings vermutlich ohne verwertbare Fingerabdrücke. Zum anderen stimme das Blut an den Kleidungsstücken des Opfers und von Benjamin Michels bislang ausschließlich mit der Blutgruppe des Opfers überein. Es handle sich dabei um allererste Untersuchungsergebnisse, weitere und vor allem genauere würden bald folgen. Eine andere Notiz gab wohl eine Nachricht des Kollegen Klein wieder, der kurz vor meinem Eintreffen angerufen haben musste und mich wissen ließ, dass mich die Eltern von Hannah Klamm im Laufe des Tages erwarten würden. Außerdem bat er um meinen Rückruf, er würde gegen zehn Uhr voraussichtlich wieder auf dem Posten erreichbar sein. Die letzten Worte auf dem kleinen Zettel überraschten mich wenig: *Hund ohne Erfolg*.

Noch etwas unschlüssig, was ich nun als Erstes tun sollte, lehnte ich mich auf meinem Schreibtischstuhl zurück und versuchte, mich zu entspannen, nochmal einen kurzen Moment lang über nichts nachzudenken, bevor mich dann ein langer, nicht leichter Arbeitstag in seinen Bann ziehen würde. Dann startete ich den PC und rief meine E-Mails ab. Nichts Wichtiges, abgesehen davon, dass mich mein Sohn an unsere Verabredung für den Nachmittag erinnerte. Bloß gut, dass er mir nicht zutraute, ich könnte mir diesen Termin einen Tag lang merken, denn wenn ich sicher gehen wollte, dass wir uns trafen, müsste ich ihm aufgrund der Ereignisse mitteilen, wann ich in meinem Büro sein würde. Und das hätte ich vermutlich wirklich vergessen. Nur, wann würde ich da sein? Ich verschob diese Antwort einfach auf später.

Heute Nacht hoffte ich noch, wir müssten uns nicht weiter um Benjamin Michels kümmern, nun war die Sachlage aber nahezu unverändert geblieben. Vor uns lag dementsprechend und sinnvollerweise eine weitere Vernehmung seiner Person sowie wahrscheinlich die Durchsuchung seines Zimmers oder seiner Wohnung, vorausgesetzt, wir bekamen den dafür nötigen Beschluss.

Was die Vernehmung betraf, ließ mich die Begegnung mit Michels' Anwalt missmutig erahnen, dass selbst dieser kurze Weg zum entsprechenden Raum schon mehr Aufwand bedeutete, als das Gespräch Ermittlungserfolge zu versprechen schien. Und hinsichtlich des Durchsuchungsbeschlusses war ich sehr gespannt, wie empfänglich der zuständige Ermittlungsrichter angesichts der vorliegenden Situation für dieses Anliegen sein würde. Ich hoffte, dass ich mir diesbezüglich lediglich mal wieder unnötige Gedanken machte, deren Ursache schlicht und ergreifend darin lag, dass ich persönlich den Jungen eben für unschuldig hielt. Fakt war schließlich, dass wir außer ihm nichts in der Hand hatten und dass es nicht um die Aufklärung einer Bagatelle ging. So gesehen mussten wir der Möglichkeit, dass er der Täter sein könnte, unbedingt nachgehen. Und dazu gehörte einfach, dass wir uns auf die Suche nach Beweisen machten, um den Anfangsverdacht entweder in einen hinreichenden Tatverdacht verwandeln zu können oder eventuell auch fallenzulassen.

Ein Blick auf die Uhr an der Wand gegenüber meines Schreibtisches bestätigte, was mir eigentlich ohnehin klar war. Es war noch nicht mal ganz halb acht und damit noch zu früh, um die verantwortlichen Leute hinsichtlich der Durchsuchung auf offiziellem Wege zu erreichen. Selbst unsere Vorzimmerdame, die meines Erachtens im Allgemeinen überdurchschnittlich früh erschien, glänzte noch durch Abwesenheit. Glücklicherweise wusste ich nur zu gut, wen ich wann auf welche Weise bei Bedarf tatsächlich erreichen konnte, und so nahm ich den Hörer in die Hand und wählte die entsprechende Nummer.

In den nächsten Minuten schilderte ich dem Richter des Amtsgerichts ausführlich unseren Fall und hatte am Ende trotz meiner kleinen Zweifel die Zusage für den Beschluss, den er mir, wie er versicherte, schnellstmöglich schriftlich abfassen und zukommen lassen würde. Selbst die Erlaubnis zur Durchsicht von Papieren, die zur Klärung der Beziehung zwischen Michels und Klamm beitragen beziehungsweise Aufschlüsse über ein Motiv geben konnten, würde er uns übertragen. An sich war dies nur ihm oder dem Staatsanwalt gestattet. Über diese Erleichterung war ich sehr froh, denn wir suchten ja eben nicht nur nach Hinweisen im Zusammenhang mit der Tatwaffe. Somit war es für schnelle Ermittlungserfolge überaus hilfreich, dass wir diese Freiheit besitzen sollten.

Gegen Ende dieses Telefonats war dann auch Jens, sehr müde dreinschauend, in mein Büro eingetreten und es blieb uns, nachdem ich aufgelegt hatte, im Grunde keine andere Wahl als das Gespräch mit Michels. Nun gut, zumindest mussten wir nicht erst darauf warten, dass der Rechtsvertreter kam, um seinem Mandanten beizustehen. So machten wir uns auf den Weg zu unseren beiden Vernehmungsräumen, die ein Stockwerk höher untergebracht waren, eben dort, wo sich auch ein paar Zellen fanden, die glücklicherweise meist leer standen. Hier war ja schließlich auch kein Gefängnis, sondern im Normalfall in dieser Hinsicht lediglich eine Übergangslösung. Auf dem Weg berichtete ich meinem Kollegen vom für uns wahrscheinlich unheilvollen Beistand unseres Verdächtigen, was dieser lediglich mit einem missmutigen Hochziehen der Augenbrauen kurz quittierte.

Wie zu erwarten, trafen wir Benjamin Michels und seinen Anwalt in einem der Räume an und es konnte gar nicht anders sein, als dass der Anwalt gerade dabei war, seinem Schützling intensiv einzuimpfen, wie er sich zu verhalten hatte. Natürlich zu seinem eigenen Besten. Ärgerlich. Wir gingen zu dem Tisch, an dem sie beide saßen, gaben Benjamin, der auf irgendeinem Wege bereits wieder zu eigener Kleidung gekommen war, die Hand und stellten uns vor; was kaum nötig gewesen wäre, da er sich zumindest an meinen Namen noch erinnerte. Davon war nicht unbedingt auszugehen, wenn man bedachte, in welchem Zustand er sich in der Nacht noch befand. Ob er wohl einige Stunden schlafen konnte? Zumindest sah er etwas fitter aus als Stunden zuvor, auch wenn sich an seiner geknickten Haltung nicht viel geändert hatte. Ohne dem inzwischen erstaunlich sprachlosen Anwalt die Hand zu reichen, nahm ich mir einen Stuhl und setzte mich dazu. Jens tat es mir gleich.

Ich hatte darauf verzichtet, die etwas aufwändige, im Raum installierte Aufnahmeanlage in Betrieb zu nehmen, und stellte stattdessen wieder mein kleines Gerät eingeschaltet auf den Tisch.

„Wäre ich doch bloß …", begann ich ohne jeden Smalltalk, der ohnehin nicht angebracht gewesen wäre, woraufhin mich Michels fragend und mit immer noch verzweifeltem Blick anschaute.

„Erinnern Sie sich nicht? So haben Sie heute Nacht aufgehört. Sie sagten, es hätte nichts damit zu tun, aber ich bin mir da nicht so sicher", erklärte ich.

Er dachte nach, senkte seinen Blick. Leider hatte dann auch schon sein Anwalt einen Rat für ihn.

„Sie wissen, dass Sie darauf nicht antworten müssen und ich weise Sie darauf hin, dass es wahrscheinlich auch besser wäre, von diesem Recht Gebrauch zu machen", sagte er energisch in Benjamins Richtung.

Ich schaute meinen Kollegen an, der erneut die Augenbrauen hochzog, war aber noch weit davon entfernt, dass mir der Kragen platzte, ich war ja gerade erst gekommen. Doch mein Hals begann bereits, dicker zu werden.

„Hören Sie, Benjamin Michels, wir wollen Ihnen nichts Böses, wir haben nur einen Fall zu klären und möchten das im Sinne aller Beteiligten richtig machen, also auch in Ihrem. Wenn Sie sich also nichts haben zu Schulden kommen lassen, dann haben Sie keinen Grund, wichtige Dinge zu verheimlichen. Ganz im Gegenteil, dann tun Sie sich etwas Gutes, wenn Sie Dinge, die wir ohnehin herausfinden, gleich selbst preisgeben."

Ich ignorierte den schon recht lautstarken Einwand des Juristen, der mir vorwarf, dass ich doch einzig darauf aus wäre, schnellstmöglich einen Täter zu präsentieren, ganz egal, ob ich den richtigen hätte oder nicht.

„Benjamin. Ich darf doch Benjamin sagen?" fragte ich, was er mit einem leichten Nicken beantwortete. „Sie haben sich irgendetwas vorzuwerfen. Wären Sie doch bloß … Wären Sie doch bloß früher am Treffpunkt gewesen? Wären Sie doch bloß was? Was hätten Sie anders machen können? Was wollten Sie heute Nacht eigentlich sagen?"

Ich hatte keine Ahnung, ob diese Frage wirklich wichtig war. Ich dachte nur daran, dass es ein guter Einstieg in ein offenes Gespräch sein konnte, so es der Anwalt zuließ. Dieser hatte natürlich erneut nichts Besseres zu tun, als den jungen Mann davon zu überzeugen, dass es besser wäre, zu schweigen. Doch in Benjamin Michels schien nun tatsächlich Bewegung gekommen zu sein, die sich davon kaum bremsen lassen würde. Er saß unruhig auf seinem Platz und es arbeitete offensichtlich in ihm.

Mit leerem Blick starrte Michels an die Wand und sagte mit leiser Stimme: „Wäre ich doch bloß nie geboren worden."

Es war still im Raum. Keiner von uns Dreien hatte mit einer derartigen Antwort gerechnet. Ich weiß nicht, ob sein Anwalt darin ein Schuldeingeständnis befürchtete, jedenfalls forderte er uns zahlreiche Augenblicke später dazu auf, dem Gespräch vorläufig ein Ende zu machen, indem er darauf hinwies, dass sein Mandant offensichtlich in keinem guten Zustand sei und der Ruhe bedürfe. Außerdem wolle er sich selbst zunächst ausführlich mit ihm und auch den Eltern beraten.

Obwohl ich hätte widersprechen können, von der Aussage Benjamins beeindruckt, tat ich es nicht. Stattdessen überließ ich es nach kurzem Blickwechsel meinem Kollegen, die beiden als Antwort darauf darüber aufzuklären, dass wir in Kürze den Durchsuchungsbeschluss für Benjamins Zuhause erwarteten und uns folglich noch am Morgen auch dort umsehen würden. Michels hatte das Recht, dabei zu sein und wenn er darauf bestand, dann würden wir das entsprechend arrangieren. Der Anwalt nahm es nickend zur Kenntnis, Benjamin reagierte überraschenderweise deutlicher.

„Dafür hätten Sie keinen Beschluss gebraucht. Mir ist das so egal, Sie können durchsuchen, was Sie wollen", kam es ihm völlig gleichgültig und resigniert über die Lippen.

Meine Frage, ob er dabei sein wolle, verneinte er direkt, dafür ließ uns der Anwalt wissen, dass wir uns seiner Gegenwart jedoch erfreuen durften.

Jens und ich machten uns aus dem Staub, ehe wir noch mehr hören mussten, was uns nicht gefiel, und ließen uns in meinem Büro nieder. Beide waren wir, ob der Aussage des jungen Michels, immer noch überrascht, fast sogar schockiert.

„Hattest du diesen Wunsch schon mal? Nie geboren worden zu sein?" fragte ich Jens, während ich ihn ernst anschaute.

Mit einem Blick der Gewissheit schüttelte er den Kopf. „Nein, ganz sicher nicht. Kann das in diesem Fall nicht nachvollziehen. Sagtest du nicht, oder war es Klein, dass er aus einer guten, gepflegten Familie kommt? Erfolgreich, bekannt? Der müsste doch eigentlich vor Selbstvertrauen strotzen."

„Oberflächlich betrachtet liegt hier ein echter Widerspruch vor. Aber bei mir hat es gerade Gänsehaut verursacht, es scheint ihm wirklich schlecht zu gehen. Und mir ging es auch schon schlecht, aber diesen Wunsch hatte ich nie." Etwas ratlos spielte ich nebenbei mit den Stiften auf meinem Schreibtisch.

Nach kurzer Pause richtete mein Kollege den Blick wieder nach vorne: „Bin gespannt, was uns bei ihm zuhause erwartet. Ich glaube kaum, dass wir Hinweise auf die Tatwaffe finden, aber hoffentlich erfahren wir ein wenig mehr über die Person an sich."

Wir besprachen in den nächsten Minuten den Ablauf und die Organisation der nächsten Stunden und verabredeten, gegen halb zehn gemeinsam nach Wildberg zu fahren. Dort würden wir auf der Wache bei Klein vorbeischauen, uns dann zusammen mit der Spurensicherung bei Michels umsehen, um abschließend die Eltern des Opfers aufzusuchen. Die Zeit bis zur Abfahrt wollten wir unter anderem nutzen, um unserem wissbegierigen Chef einen ersten Überblick zu geben und um der Spurensicherung wahrscheinlich viel zu früh und viel zu nahe auf die Pelle zu rücken, in der Hoffnung, handfeste Informationen zu bekommen. Das Erste sollte meine Aufgabe sein, das Zweite im Wesentlichen die von Sauer.

Doch zuerst schrieb ich meinem Sohn per E-Mail von meinen Plänen für den Tag und stellte es ihm frei, sich danach zu richten oder es auch zu lassen. Ich schloss dann aber mit dem Hinweis, dass ich ihn wenn möglich gern sehen würde, wollte ich ihn doch mit der Aussage Michels' konfrontieren und hören, was er darüber dachte. Es war dieselbe Generation und ich war neugierig.

Ich lehnte mich erneut zurück und dachte weiter darüber nach. Wie schlecht musste es einem Menschen gehen, so eine Aussage treffen zu können? Und warum ging es Michels so schlecht? Ich wollte mehr über diesen Menschen erfahren, so viel war klar.

Der Fall war gerade mal acht Stunden alt und während ich so nachdachte, begann ich mich bereits wieder darüber zu ärgern, dass ich einfach noch nicht viel wusste. Michels wurde blutverschmiert beim Opfer angetroffen, die Tatwaffe nur ein paar Meter weit weg, und behauptete, zwei andere Personen wären die Täter. Doch die hatte außer ihm keiner gesehen und noch war ihnen keinerlei Spur zuzuordnen. Er war mit dem Opfer verabredet, aber welches Motiv konnte er haben, sie zu töten? War Eifersucht im Spiel? Er konnte aber unmöglich bei Sinnen gewesen sein, wenn er wirklich der Täter sein sollte, wie sonst wäre sein Verhalten unmittelbar danach zu erklären? Andererseits, wenn er es tatsächlich nicht war, wie konnte ich ihn dann entlasten? Dafür brauchte es dringend Spuren, die auf andere Täter hinwiesen.

Wie auch immer, wenn wir ihn länger festhalten wollten, dann musste sich der Verdacht im Laufe dieses Tages erhärten. Mir war noch nie danach, jemanden unbegründet einzusperren, aber auch nicht danach, jemanden, der vermutlich schuldig war, frei herumlaufen zu lassen. Damit weder das eine noch das andere passieren konnte, musste also einiges erledigt werden.

4

Punkt halb zehn saßen wir im Auto meines Kollegen und fuhren los. Ich berichtete ihm von meinem Gespräch mit Kriminaldirektor Schmidt, unserem Dienststellenleiter, bei dem ich mehr als eine Stunde verbracht hatte.

Ausführlich hatte ich diesem den Fall geschildert, inklusive meines Ärgers bezüglich des angekündigten, aber nicht erschienenen Hubschraubers sowie des zu spät gekommenen Hundes. Immerhin konnte er meinen Frust nachvollziehen, war er doch selbst nicht glücklich über die Mittel, die uns in solchen Fällen oft nur zur Verfügung standen. Und auch mit ihm hatte ich einen intensiven Gedankenaustausch hinsichtlich der Verhaltensweise unseres Verdächtigen. Was den Anwalt und den mit ihm einhergehenden Ärger betraf, versprach er uns seine volle Rückendeckung, zumindest solange wir nicht von den Vorgehensweisen abwichen, die er von uns bereits kannte.

Jens folgte meinem Bericht ohne große Gesten und Einwände, während er uns zügig, aber sicher, Richtung Wildberg chauffierte. Leider konnte er im Anschluss nichts wesentlich Neues von Spurensicherung und Obduktion berichten. Die Untersuchung der Toten war derzeit im Gange, bislang gab es jedoch keine Auffälligkeiten. Die Art der wahrscheinlich tödlichen Stichverletzungen deutete wenig überraschend auf enorme Aggressivität hin und wegen der Lage und der Einstichwinkel mussten die Stiche dem Opfer vermutlich von einer Person zwischen eins fünfundsiebzig und eins fünfundachtzig zugefügt worden sein. Dafür, dass es DNA-Spuren anderer Personen am Opfer gab, sprach wohl auch nicht allzu viel, das genaue Ergebnis in dieser Sache würde aber noch etwas Zeit beanspruchen. Fingerabdrücke auf der Tatwaffe gab es tatsächlich keine verwertbaren, Untersuchungen im Blick auf gefundene Fasern liefen aber noch. Und Hannah Klamms Wagen war schlicht und ergreifend wegen eines Defekts der Fahrzeugelektronik stehengeblieben. An dieser Stelle gäbe es zumindest keinen Raum für eine Verschwörungstheorie, meinte Jens schmunzelnd dazu.

„War Michels der Täter, dann spielte es vermutlich keine Rolle, war er es nicht, dann war es ein tödlicher Defekt der Elektronik, zur falschen Zeit am falschen Ort!" erwiderte ich.

Wir erreichten die Wache in Wildberg, wo auch der Durchsuchungsbeschluss aufgrund des kürzeren Lieferwegs gelandet war und für uns bereitlag, einige Minuten vor zehn. Polizeiobermeister Klein war schon da, aber auch er schaute etwas überfahren aus.

„Und? Was gibt es Neues? Hoffentlich hast wenigstens du ein paar verwertbare Informationen für uns, wenn schon die Spurensicherung nichts zum Fall beizutragen hat!" fragte ich mit etwas Sarkasmus, während ich mir einen Stuhl heranzog und mich vor seinen Schreibtisch setzte, als er gerade ein Telefongespräch beendet hatte und den Hörer weglegte.

„Wahrscheinlich bin ich dann die nächste Enttäuschung für euch!" antwortete er mit etwas ratlosem Blick. „Die Fahndungsaktion heute Nacht war jedenfalls bis zum Ende der totale Reinfall …"

„Davon haben wir schon gehört", warf Jens dazwischen. „Was ist mit Festen, Partys, Veranstaltungen? Gab es wenigstens da irgendwas in der Umgebung? Irgendwas, wo potenzielle Täter sich herumgetrieben haben könnten?"

Klein nickte und fuhr fort: „Die Bauwägen um Wildberg haben wir alle abgeklappert, aber da war niemand mehr anzutreffen. Ist ja klar, die Jungs und Mädels mussten heute auch zur Arbeit oder in die Schule, da hängen die nicht bis um fünf dort herum. Aber wir wissen, wen wir da ansprechen können, und werden da im Laufe des Tages auch mal nachhaken, was gestern Abend so lief. Gleiches gilt für die Gaststätten in der Umgebung, auch da hören wir uns heute noch um." Er machte eine kurze Pause. „Den Hund hättet ihr sehen sollen. Die kamen erst nach fünf. Unterm Pavillon hat er munter herumgeschnüffelt, aber außerhalb war der Arme absolut hilflos", schob er kurz ein, um sich dann wieder auf den Moment zu besinnen. „Und bei euch? Nichts, was irgendwie weiterhilft?"

Jens klärte ihn über die mageren Ergebnisse der Spurensicherung auf und ich erzählte ihm von unserer extrem kurzen Vernehmung vor etwa zwei Stunden.

Auch Klein reagierte überrascht und verwundert bezüglich des tiefe Frustration ausdrückenden Wunsches unseres Verdächtigen. „Bei allem, was ich über die Familie weiß, was zugegebenermaßen nicht wirklich viel ist, nachvollziehen kann ich diese Aussage in diesem Fall nicht. Aber wer weiß schon, was sich dort hinter verschlossenen Türen abspielt, dass er so drauf sein könnte. Der Schein trügt oft genug, vielleicht sind die Familienverhältnisse doch nicht so überragend."

Die letzte Info, die wir von Klein bekamen, ehe wir uns endlich an den Ort aufmachten, wo es eventuell die ersten Beweise für Michels' Schuld oder Unschuld geben würde, brachte uns auch nicht weiter. Die nachts zur Befragung aufgeweckten Bewohner der Bauernhöfe in der Nähe des Tatorts zeigten sich zwar geschockt bezüglich der Ereignisse, aber etwas Ungewöhnliches hatte keiner wahrgenommen.

Unsere Fahrt in den Vorort dauerte nur wenige Minuten. Die Kollegen von der Spurensicherung, zuzüglich zweier Gemeindebeamter, die als Zeugen fungieren würden, erwarteten uns in der recht langen Einfahrt des schmucken, sicher nicht zu klein geratenen Einfamilienhauses. Ein großer Garten mit viel Gebüsch und Bäumen, die das Haus vor neugierigen Blicken der Nachbarn schützten, umgab das zweistöckige, modern ausschauende Gebäude.

Wir brauchten nicht zu klingeln, die Tür wurde uns vom Hausherrn persönlich geöffnet, als wir uns geschlossen in ihre Richtung aufmachten. Ohne viele Worte wurden wir hereingelassen und auch der Anwalt, der sich natürlich zuerst den Durchsuchungsbeschluss zeigen ließ, war schon da. Von Frau Michels war nichts zu sehen und von Herrn Michels im Grunde nichts zu hören, garantiert auf Anordnung des Rechtsvertreters.

Nachdem wir uns bei Herrn Michels versichert hatten, dass er und seine Frau keine Stichwaffen besitzen würden, ließen wir uns von ihm zeigen, wo sein Sohn seinen Platz im Haus hatte, denn ausschließlich diesen Bereich, wie auch gemeinschaftlich genutzte Räume, durften wir untersuchen. Unter ständiger Beobachtung, auch eines der Gemeindebeamten, und bei gelegentlicher Belehrung des Anwalts begannen wir, uns in Benjamins Zimmer intensiv umzusehen. Drei Aspekte waren dabei von besonderem Interesse für uns. Zum Ersten, ob es Hinweise darauf gab, dass die Tatwaffe tatsächlich Michels gehörte, zum Zweiten, in welchem Verhältnis er zum Opfer stand, und zum Dritten, welches Bild sich uns von seiner ganzen Person präsentierte.

Ich warf einen Blick in verschiedene Schränke und Schubladen, genau wie zwei Kollegen der Spurensicherung, während sich Jens am Schreibtisch des Computers annahm, der glücklicherweise nicht passwortgeschützt war. Zwei weitere Kollegen waren unter der Begleitung des zweiten Zeugen der Gemeindeverwaltung im Haus unterwegs und schauten sich in Wohn- und Badezimmer sowie in einem Arbeitszimmer, das Benjamin gelegentlich mitbenutzte, um.

Ich sah mir an, welche Bücher Michels besaß. Kriminalromane, im Wesentlichen, und die eine oder andere Biografie verschiedener Persönlichkeiten wie Vincent van Gogh oder Lance Armstrong. Die Musik, die er hörte, so mir die Interpreten bekannt waren, war im Pop-Rock- und Hardrock-Bereich anzusiedeln. Kuschelrock-CDs waren einige zu finden. Seine Raumgestaltung war nicht sehr kreativ. An der einzigen richtig freien Wand hingen einige Postkarten und ein seltsamer Spiegel, gerahmt und mit einem Motiv verziert. Das Bett war nicht gemacht, was hieß, dass er entweder den ganzen Donnerstag unterwegs war, ehe er sich mit Hannah Klamm traf, oder dass er darauf einfach keinen Wert legte. Während ich diese Eindrücke verarbeitete, gab mir ein Kollege ein kleines Buch, das unter dem Bett gelegen hatte. Ein Tagebuch oder etwas in der Art, wie mir nach dem Aufschlagen schnell klar wurde. Dass es sich dabei um ein heikles Thema handelte, zeigte sich im unmittelbaren Eingreifen von Benjamins Rechtsvertreter, der jedoch aufgrund der richterlichen Verfügung letztlich nichts dagegen tun konnte, dass ich mir den Inhalt ansehen würde.

Ich schaute mir den letzten Eintrag an.

Die Zeit vergeht, wenigstens etwas, worauf man sich verlassen kann. Soll ich mich freuen, dass schon sechsundzwanzig Jahre meines Lebens um sind, oder soll ich verschenkten Jahren nachtrauern? Konstant bleibt auch mein Gemütszustand: saftlos, kraftlos, mutlos, hoffnungslos. Es sollte dieses Jahr Frühling werden, doch er kam nicht. Wieder mal.

Datiert auf den einundzwanzigsten Mai diesen Jahres. Heute war der sechsundzwanzigste. Der Inhalt passte ins Bild, passte zur Aussage, die er vor wenigen Stunden gemacht hatte. Aber änderte dies etwas daran, dass er der Täter sein könnte? Sprach es eher dafür oder dagegen? Ich blätterte einige Seiten zurück, fast an den Anfang des Buches, zu einem Eintrag, der vor einem knappen halben Jahr gemacht wurde.

Angst, dass mich jemand sieht, Angst, dass mich jemand wahrnimmt, Angst, dass jemand über mich lacht. Warum? Weil ich mich selbst nicht akzeptieren kann. Mich selbst, mit allen Unzulänglichkeiten der Vergangenheit, der Gegenwart und der Zukunft.

Wieder klang das nicht sehr positiv. Ich fragte mich, ob das Zufall oder grundsätzlich so war. Der nächste Eintrag folgte erst ein paar Tage später.

Die Zeit steht still, Gedanken ohne Ziel.
Leider stimmt nur die Hälfte, denn die Zeit läuft unaufhaltsam weiter. Ich bin mutlos, ich habe Angst und längst keine Kraft mehr. Ich kann mich selbst nicht leiden, habe keine Perspektive. Wie geht's weiter?

Es schien mir, als würde er in dieses Buch nur hineinschreiben, wenn es ihm schlecht ging, was wohl wiederum sehr häufig der Fall war. Und auffällig war auch, dass er zwar Gefühlslagen beschrieb, aber sehr unkonkret, denn es gab keine klare Verknüpfung mit klar benannten Ereignissen. So gesehen war es fraglich, ob sich dann Hinweise finden lassen würden, die unserem Fall dienlich waren. Andererseits bestand die Chance, dass sich möglicherweise Rückschlüsse auf ein Motiv ziehen lassen konnten. Wir beschlagnahmten es, inklusive der etwas später gefundenen Vorgänger, zur weiteren Auswertung; wobei natürlich klar war, dass der Anwalt zum wiederholten Male Einspruch erhob.

Aber er konnte eben nichts dagegen machen und das wusste er auch.

Als Nächstes wurde schnell klar, dass ebenso der Computer mit uns gehen würde. Kollege Sauer fand dort zahlreiche E-Mails von Michels an das Opfer und umgekehrt. Was er darin in der Schnelle herausgelesen hatte, war, dass das Verhältnis zwischen den beiden wahrscheinlich noch ungewöhnlicher war als Benjamins Tagebucheinträge.

Unsere Kollegen stellten darüber hinaus noch den einen oder anderen Heftordner sowie verschiedene Unterlagen sicher, die ebenfalls aufschlussreiches Material zu beinhalten schienen. Nicht den geringsten Anhaltspunkt gab es aber bezüglich der Tatwaffe, nicht in Benjamins Zimmer und nicht im restlichen Haus. Überhaupt sprach nichts dafür, dass wir es hier mit einem jungen Mann zu tun hatten, der zur Gewalt zu neigen schien.

Nachdem wir uns gründlich umgesehen hatten, bat ich Herrn Michels noch kurz zum Gespräch. Er, der Anwalt, Jens und ich ließen uns am Tisch in der großzügigen Küche nieder. Wie üblich übernahm ich die Gesprächsführung und Jens hörte aufmerksam zu, machte sich hin und wieder einige Notizen.

„Ihr Sohn, was macht der beruflich? Ist er bei Ihnen in der Firma tätig?"

Benjamins Vater lehnte sich zurück und verschränkte die Arme vor dem Körper. „Ja, das ist er. Er hat im Betrieb schon seine Ausbildung gemacht und arbeitet jetzt im kaufmännischen Bereich mit." Seine Stimme klang nicht gerade begeistert.

„Hat er eine führende Position? Trägt er große Verantwortung dabei?" fragte ich.

„Nein, er ist im Grunde ein kleiner Angestellter. Meines Erachtens hätte er vielleicht die Fähigkeiten, etwas mehr zu erreichen, aber der Ehrgeiz, der fehlt ihm und dann wird da auch auf Dauer nicht mehr dabei herauskommen."

Dem Bild zufolge, das ich von Benjamin Michels mehr und mehr bekam, überraschte mich der abwertende Tonfall nicht besonders. Es war nur allzu deutlich, dass der Vater Erwartungen hatte, die sein Sohn offensichtlich nicht zu erfüllen bereit war.

„Was wissen Sie von der Beziehung Ihres Sohnes zu Hannah Klamm?"

Kaum hatte ich ausgesprochen, kam die Empfehlung des Anwalts, auf diese Frage vorläufig besser nicht zu antworten, worauf ich erneut prompt reagierte. Ich versuchte Herrn Michels klarzumachen, dass wir unter keinen Umständen lediglich anstrebten, schnellstmöglich irgendeinen Sündenbock zu suchen und zu verurteilen, sondern dass die Lage im Gegenteil eher andersherum zu betrachten wäre. Sein Sohn war schließlich der einzige Verdächtige und abgesehen von seiner Unschuldsbeteuerung gab es im Moment noch nichts, das ihn wirklich entlasten würde, jedoch möglicherweise ein Motiv, das ihn belasten könnte. Und auch dieses Mal hatte ich mit meinem Appell Erfolg. Der Anwalt lehnte sich mit grimmigem Blick zurück, als Michels seinen Worten freien Lauf ließ.

„Ich weiß überhaupt nichts von einer Beziehung meines Sohnes, weder zu Hannah Klamm noch zu einer anderen Frau. Ich weiß, dass unter seinen Freunden zwar viele weibliche Personen sind, aber dass er zu einer davon mal eine tiefgehende Beziehung gehabt hätte, ist mir nicht bekannt. Meine Frau hat etwas in der Art auch nie erwähnt, wobei wir darüber auch nicht wirklich oft gesprochen haben."

Er machte eine kurze Denkpause, setzte dann aber fort: „Mir scheint es so zu sein, als habe Benjamin gewisse Schwierigkeiten mit dem anderen Geschlecht. Nicht in der Art, dass er sich mehr für Männer interessieren würde, vielmehr, dass er wohl nicht so recht weiß, wie er mit Frauen, die ihm zu nahe kommen, umgehen soll. Keine Ahnung warum, von mir kann er das eigentlich nicht haben."

Etwas verächtlich lächelnd beendete er damit seine Ausführung.

Wenn es stimmte, was er sagte, dann würde Benjamin das schon auf irgendeine verkehrte Weise von seinem Vater haben, dachte ich mir, wagte es aber nicht, es auch auszusprechen.

„Hat Benjamin Geschwister?" wollte ich in die Stille hinein wissen und wieder zeigte sich ein Ausdruck auf seinem Gesicht, der mehr mit Spott und Hohn zu tun hatte als mit Liebe für seine Familie.

„Nein", antwortete er prompt. „Benjamin ist unser einziges Kind. Unser Sohn der Freude, wie meine Frau immer betont. Aber na ja, in mir macht sich im Moment weniger Freude breit."

Unnötig, das zu erwähnen.

„Wurde Ihr Sohn in der Vergangenheit irgendwann mal auffällig durch irgendwelche Gewalttätigkeiten? Ist er leicht zu reizen? Wird er schon mal grob?"

Der Anwalt setzte schon wieder zu einer Empfehlung an, Michels winkte aber sofort ab und fiel ihm ins Wort: „Nein, ganz sicher nicht. Manchmal hätte ich mir das schon fast gewünscht, da er mir eigentlich zu brav ist. Ich wüsste nicht mal jemanden, mit dem er irgendwann mal eine ernstzunehmende Meinungsverschiedenheit gehabt hätte. Er lässt sich zu viel gefallen."

Damit hatte ich dann auch genug gehört und nickte Jens zu. Gleichzeitig erhoben wir uns von unseren Stühlen und verabschiedeten uns höflich. Höflicher als sie es verdient hatten, ging es mir durch den Kopf.

„Ach, und richten Sie Ihrer Frau aus, dass wir uns auch mit ihr gerne noch unterhalten würden!" sagte ich Michels, als er uns zur Tür geleitete. Nickend nahm er es zur Kenntnis.

Jens und ich setzten uns in seinen Wagen, das beschlagnahmte Material hatten die Kollegen der Spurensicherung bereits mitgenommen. Etwas ungläubig schauten wir uns an.

„So langsam verstehe ich, dass der Junior Probleme hat", meinte Jens kopfschüttelnd.

„Nicht ganz einfach, der Herr Papa!" erwiderte ich und dachte darüber nach, wie es meinem Sohn wohl mit mir erging und ergeht. Oft eröffnete sich mir der Eindruck, dass ich unmöglich ein ganz schlechter Vater gewesen sein konnte. Nichtsdestotrotz war ich mir immer unsicher darüber geblieben, welche Auswirkungen meine Scheidung wohl auf die Entwicklung meines Sohnes hatte und noch hat. Nach außen schien alles in Ordnung zu sein, aber innerlich? Da hatte ich meine Zweifel.

Bereits eine knappe Stunde später waren wir wieder auf dem Weg zurück nach Calw aufs Kommissariat. Der Besuch bei den Eltern von Hannah Klamm war, wie erwartet, etwas beklemmend, brachte aber zunächst keinerlei neue Erkenntnisse hinsichtlich der Klärung des Falles. Der vermeintliche Täter sei ihnen lediglich namentlich und vom Sehen bekannt, aber in welchem Verhältnis er zu ihrer Tochter stand, darüber konnten sie nicht das Geringste sagen. Aufgrund dessen, was ihnen von Benjamin Michels bekannt war, könnten sie sich kaum vorstellen, dass er zu dieser Tat fähig gewesen wäre, meinten sie, aber es wäre eben wirklich nicht viel, worauf sich diese Annahme stützte.

Wir erfuhren, dass Hannah die Woche über wohl bei ihnen zu Gast gewesen war, einige Schulfreunde besucht hatte, so auch am Tatabend, und erst am Sonntag wieder zurück nach Mannheim fahren wollte, wo sie arbeitete und wo sie auch einen Freund hatte. Außerdem überließen uns die Eltern vorübergehend das Notebook ihrer Tochter, nachdem wir ihnen sagten, dass sie mit Benjamin in E-Mail-Kontakt stand. Vielleicht würde sich ja dort ein Hinweis finden, der zur Klärung beitrug.

Wir verließen die Klamms mit der Bitte, uns zu informieren, wenn ihnen noch etwas Wichtiges einfiel, insbesondere hinsichtlich derjenigen Person oder Personen, die Hannah am Tatabend getroffen hatte, denn darüber konnten sie uns bislang leider auch nichts sagen. Aber darüber würde uns vielleicht auch das sichergestellte Handy des Opfers noch Auskunft geben.

„Lass uns doch gleich ein wenig in Michels' Tagebüchern und in Klamms Notebook stöbern", sagte Jens schon fast etwas aufgeregt, als wir das Kommissariat betraten. „Es interessiert mich ungemein, was die beiden miteinander zu schaffen hatten!"

Ich widersprach ihm nicht, denn schließlich war es zum einen derzeit so gut wie alles, was wir überhaupt an Ansatzpunkten hatten, und zum anderen mussten wir im Laufe des Tages schließlich eine Entscheidung darüber fällen, ob wir ihn dem Haftrichter vorführen mussten oder ihn auf freien Fuß setzen würden. Außerdem war ich selbst natürlich äußerst neugierig darauf, mit wem wir es bei Benjamin Michels wirklich zu tun hatten.

In der Abteilung der Spurensicherung war ein Kollege bereits dabei, sich mit Michels' Computer auseinanderzusetzen und die Festplatte insbesondere nach versteckten oder gelöschten Dateien zu durchforsten. Ihn baten wir darum, uns das Gerät vorbeizubringen und anzuschließen, nachdem er sich einen Überblick verschafft hatte, der uns helfen könnte, die wichtigen

Dinge zu finden. Jens und ich bedienten uns derweil bei den schriftlichen Unterlagen und nahmen den größten Teil mit in sein Büro, da er über den aufgeräumteren Arbeitsplatz verfügte. Nachdem wir uns mit Kaffee versorgt hatten, machten wir uns an die Arbeit.

Nach etwa einer Viertelstunde der Vertiefung legte ich das zweitjüngste Tagebuch auf den kleinen runden Tisch, an dem ich saß, stand auf, ging um den Schreibtisch, stellte mich hinter meinen Kollegen, der auf seinem ledernen Sessel saß, und schaute ihm über die Schulter auf den Bildschirm des Notebooks. Dann durchbrach ich ein erstes Mal die Stille und fragte ihn, ob er denn schon etwas Interessantes gefunden hätte.

Er neigte seinen Kopf etwas unschlüssig zur Seite. „Na ja, sie scheint jedenfalls nicht alle E-Mails, die sie Michels geschrieben oder von ihm erhalten hat, bewusst zu speichern. Ich finde hier lediglich einen kleinen Austausch der letzten zwei Wochen, aber da gibt es definitiv eine Vorgeschichte, die wir nachher wahrscheinlich zu sehen bekommen, wenn wir seinen Computer einsehen können."

Dann klickte er sich flink durch einige Ordner und öffnete im E-Mail-Programm gezielt eine Nachricht. „Die ist von gestern Nachmittag. Ging laut Adresse an eine Sabrina Maier, eine Anfrage für ein Treffen am Abend, dem Text nach muss es eine Freundin sein. Da müssten wir ja eine Telefonnummer oder Adresse dazu herausfinden", meinte er nur kurz, um das Fenster auch schon wieder wegzuklicken und die nächste

Nachricht zu öffnen. „Und das hier ist die erste Nachricht von Michels, die auf dem Teil noch zu finden ist." Mit der Maus zeigte er auf eine Stelle im Text. „Lies mal den Absatz!" forderte er mich auf und ich las.

…

Schon ehe ich dir vor zwei Jahren ein Gedicht geschickt habe, hatte ich begonnen, die ganze Geschichte um die Entstehung dieses Gedichtes aufzuschreiben. Das Problem ist nun aber, dass ich an einem Punkt angelangt bin, an dem es nicht mehr weitergeht, das heißt, es fehlt immer noch das Ende, von dem ich eigentlich dachte, ich hätte es vor zwei Jahren bereits erreicht. Welche Zuneigung ich über Jahre im Geheimen für dich entwickelt habe, hat das Gedicht zum Ausdruck gebracht, aber ein Ende gibt es für mich wohl keins, ohne dass du auch erfährst, wer ich bin. Das Dumme ist nur, dass mir dazu aus verschiedenen Gründen der Mut fehlt und eben an dieser Stelle bin ich auf deine Hilfe angewiesen. Finde heraus, wer ich bin! Lass mich wissen, dass es mich gibt! Gib mir die Chance, nur ein klein wenig dessen nachzuholen, wozu ich nie in der Lage war!

…

„Da scheint es wohl wirklich schon länger eine Art von Beziehung zwischen den beiden zu geben. Und ganz offensichtlich eine irgendwie nicht ganz normale!" sagte ich ruhig, während ich die E-Mail zu Ende las.

Jens lehnte sich zurück und drehte sich in meine Richtung. „Sie wusste jedenfalls bis vorgestern noch nicht, mit wem sie es zu tun hatte. Erst in der letzten Mail hat er nicht mehr als Rumpelstilzchen gegrüßt, sondern seine Identität preisgegeben. Erst nachdem sie gedroht hatte, den Kontakt abzubrechen! Und da hat er dann auch um das Treffen am Donnerstagabend gebeten. Allerdings nicht am Tatort, sondern wie er heute Nacht sagte, weiter draußen am Grillplatz."

Ich ging schnell um den Schreibtisch, nahm das jüngste Tagebuch vom Tisch und blätterte an die richtige Stelle. „Hör dir das mal an, geschrieben am selben Tag wie die E-Mail:

Mein Problem, der x-te Versuch. Ich habe am eigenen Leib erfahren, was es heißt, Außenseiter zu sein. Aus einem sozialen Umfeld kommend, für das ich beneidet werde, nur einen dummen Fehler gemacht, eigentlich Kinderquatsch. Entwertet durch die besten Freunde, gedrängt in eine Randposition, in die ich mich dann auch gefügt und in der ich verharrt habe. Wertlos, weil unverdient reich. Jahrelang, fälschlicherweise, bis ich feststellte, dass ich gar nicht weniger wert bin als die anderen. Habe aber zu diesem Zeitpunkt meine Jugend bereits verloren. Es bleibt die schmerzhafte Erinnerung an eine verlorene Zeit."

Ich legte das Tagebuch wieder auf den Tisch.

„Sollten wir da nicht einen Psychologen hinzuziehen? So zu schreiben und zu denken, ist doch nicht normal, oder?" fragte Jens.

„Definiere *normal*!" entgegnete ich ihm leicht provozierend, gab ihm dann aber auch Recht. Wenn die einzige Person, die mit dieser Gewalttat bislang in Verbindung gebracht werden konnte, dermaßen unter persönlichen Problemen zu leiden schien und darüber hinaus auch noch in einer Art von Beziehung zum Opfer stand, die bis dato sehr merkwürdig anmutete, dann konnte in ermittlungstechnischer Hinsicht gar nicht auf die Unterstützung eines Psychologen verzichtet werden. Ich kannte zwar aus meiner eigenen Jugend das heimliche Verliebtsein, auch in der Form, dass es immer heimlich blieb und damit auch weder erwidert noch enttäuscht werden konnte, aber es hatte sich bei mir, wie bei wahrscheinlich den meisten anderen auch, irgendwann gelegt und war in Vergessenheit geraten. Und das auch längst bevor ich mit neunzehn meine heutige Ex-Frau kennenlernte und mein Glück in den Tagen, Wochen, Monaten und Jahren darauf perfekt zu werden schien.

Wir vertieften uns beide für die nächste Viertelstunde wieder in unsere Lektüre, um uns dann nochmals intensiv darüber auszutauschen, was wir gefunden hatten. Aus dem E-Mail-Austausch ging hervor, dass Michels nach längerer Zeit wieder den Kontakt zu Hannah Klamm aufgenommen hatte, weil er auf verzweifelte Weise irgendwie auf der Suche nach sich selbst war. Dass er bei ihr in seiner Jugend nie eine Chance gehabt hatte beziehungsweise sah, nagte offensichtlich an ihm und gab ihm wohl das Gefühl, niemand zu sein. Er bedrohte sie in keiner Zeile, drängte sie zunächst lediglich dazu, zu erraten, wer er sei, worauf sie sich tatsächlich einließ und im äußerst Trüben zu stochern begann. Sie hatte keine Ahnung und er gab so gut wie keine Hinweise. Vor wenigen Tagen war ihre Geduld dann scheinbar aufgebraucht und sie schrieb ihm, dass sie den Kontakt abbrechen wollte, weil sie das Gefühl bekam, die Sache würde sich in eine falsche Richtung entwickeln, die ihr nicht geheuer war. So erstaunlich es für mich war, dass sie sich überhaupt darauf eingelassen hatte, so erstaunlich war dann daraufhin, dass er sich tatsächlich öffnete und seine Identität preisgab. Wie er schrieb, würde ihm nun wohl gar nichts anderes mehr übrigbleiben, da er diese Geschichte jetzt definitiv beenden wollte, anstatt irgendwann doch wieder aus einer inneren Unruhe heraus ein weiteres Kapitel aufzumachen. Er bat um ihr Verständnis, bat um Geheimhaltung und er bat um ein kurzes Treffen, da er sich erhoffte, aus der persönlichen Begegnung mit ihr neuen Mut und Selbstvertrauen zu schöpfen und dabei schlussendlich Frieden zu finden. Dann endlich würde er nämlich das getan haben, was er sich nie traute, nämlich mit ihr zu reden.

Dummerweise, für sie, war sie gerade in der Stadt und so hatten sie sich über weitere kurze, ansonsten inhaltsfreie Mails für den Donnerstagabend an diesem Grillplatz verabredet. Ort und Zeit waren sein Vorschlag, warum sie sich darauf einließ, bleibt ihr Geheimnis. Vermutlich schätzte sie ihn als harmlos ein. Vielleicht war er harmlos. Vielleicht auch nicht.

Die Tagebucheinträge spiegelten ein trauriges Bild von Benjamin Michels wieder. Manchmal schrieb er täglich viel, manchmal wochenlang gar nichts. Aber wenn, dann waren es Einträge, die einen sehr niedergeschlagenen, mutlosen und oft resignierten Eindruck hinterließen. Selten ging er ins Detail. Irgendetwas oder ziemlich viel aus seiner Kindheit und Jugend musste ihn belasten, musste ihm das Gefühl geben, ein Gefangener zu sein, der nicht aus seiner Haut konnte.

Ich bin ein einziges Krisengebiet, oder sehe ich mich selbst im falschen Licht? Was macht mich so leicht reizbar, so anfällig für negative Reaktionen auf gut gemeinte Aktionen anderer?

So schrieb er in einem kurzen Eintrag, der schon mehr als ein Jahr zurücklag. Einer der wenigen Einträge, aus denen man schließen könnte, dass er zu einer Überreaktion fähig war. Aber zu Mord oder Totschlag? Das schien mir nicht ins Gesamtbild passen zu wollen. Bei allem, was ihn zu enttäuschen schien, erweckte er doch den Eindruck, dass er sich selbst sehr bewusst war, was in ihm vorging, und immer wieder ließ er auch den Willen erkennen, dass er aus dieser Krise herauswollte. Lediglich den Weg hatte er noch nicht gefunden. Obwohl er den Wunsch äußerte, nie geboren worden zu sein, dachte er an keiner Stelle seiner Tagebücher darüber nach, dass Selbstmord eine Lösung sein könnte. Und das, was er schrieb und wie er es schrieb, zeigte ganz offensichtlich, dass er ein intelligenter Junge sein musste, sodass die Tötung einer anderen Person im Grunde überhaupt gar nicht in Frage kommen konnte; würde er seine Situation dadurch doch nicht verbessern, sondern im Gegenteil noch verschlimmern.

Es geht hoch und runter. Gerade muss ich besonders daran denken, dass dies nicht nur nicht mein Tag, sondern überhaupt nicht mein Leben ist! Es muss sich was ändern! Entweder mein Leben oder meine Einstellung, oder beides!?

Er dachte nicht daran, die Schuld für seine Unzufriedenheit bei irgendjemand anderem zu suchen. Er war zwar mit sich und seinem Leben nicht zufrieden, aber er wollte Veränderung und nicht Vergeltung. Sicherlich hatte er sich auf diesem Weg von Hannah Klamm Unterstützung und Hilfe erhofft, aber dass er sie umbringen würde, weil sie ihm nicht weiterhelfen wollte oder konnte, wollte oder konnte ich mir immer noch nicht vorstellen. Weder im Affekt noch dreist geplant.

5

Jens und ich machten als Nächstes eine kurze Mittagspause, am Imbiss, zwei Gehminuten vom Kommissariat entfernt, in der Hoffnung, dass wir danach auf Benjamins Rechner zugreifen konnten, worum sich Jens dann kümmern wollte. Ich würde derweil versuchen, Hannahs Freundin, die sie am Tatabend getroffen hatte, zu erreichen, auf die Schnelle einen Psychologen herzubekommen und mir eine Strategie für das nächste, hoffentlich ausführlichere Verhör mit Michels, das wir am späteren Nachmittag führen wollten, zurechtzulegen.

Wir schafften es, die zehn Minuten während des Essens tatsächlich nicht über den Fall zu reden, tauschten uns stattdessen über Belanglosigkeiten wie zum Beispiel die Chancen unserer Fußball-Nationalmannschaft bei der anstehenden Europameisterschaft aus. Es war eine Angewohnheit, die wir uns angeeignet hatten, um den Kopf immer wieder frei zu bekommen, im Anschluss klarer denken zu können und eventuell frischer bei der Sache zu sein. Meines Erachtens fuhren wir damit ganz gut.

Nach der Rückkehr hatte ich kaum mein Büro erreicht und an meinem Schreibtisch Platz genommen, um mich an die Arbeit zu machen, da stand mein Sohn in der Tür.

„Na, so wie es aussieht, hast du gerade wieder mal nichts zu tun!" begrüßte er mich grinsend. „Hab meinen Tagesplan geändert. Wenn du nicht weißt, wann du Zeit hast und die Jungs in meiner WG meinen, sie müssten sich gerade anstressen, dann scheint es mir am sinnvollsten, direkt wieder nach Tübingen zu fahren und in der Bibliothek etwas nach geeigneter Literatur zu stöbern."

„Soll das heißen, du warst diese Woche schon mal an der Uni?" provozierte ich ihn mit ernstem Blick.

Er lachte und erklärte mir dann, dass er es sicher nicht übertreiben würde, er aber wohl dennoch mehr

Vorlesungen besuchte, als ich anzunehmen schien. Er setzte sich, ich holte zwei Becher Kaffee und ließ mich dann wieder ihm gegenüber in meinem Sessel nieder.

„Ihr habt es wohl mit einem schweren Fall zu tun?" fragte er mit interessiertem Blick.

„Zumindest liegt die Lösung nicht einfach auf der Hand."

Er fragte nicht nach. Er wusste, dass ich ihm nicht mehr erzählen würde, als ich durfte, und er wusste auch, dass ich ihn alles andere bei Bedarf auch so wissen ließ.

„Sag mal", fuhr ich fort, „hast du das Gefühl, dass dir unsere Familiengeschichte irgendwie besonders geschadet hätte? Also ich meine hauptsächlich die Trennung deiner Mutter und mir?"

„Wie kommst du denn jetzt darauf?" fragte er etwas irritiert.

„Na ja, wir haben es bei unserem Fall mit einem jungen Mann zu tun, der auf etwas andere Weise auch familiäre Probleme zu haben scheint, die ihm ordentlich zu schaffen machen. Und da hab ich mir überlegt, wie es dir wohl geht, mit dem, was du mit deinen Eltern erlebt hast."

Zunächst holte er tief Luft, schaute auf seinen Kaffeebecher auf dem Schreibtisch und begann nachzudenken. Dann nahm er einen Schluck, stellte den Becher wieder ab, wonach er sich scheinbar seiner Antwort bewusst geworden war.

„Mach dir darüber mal keine Gedanken." Er machte eine kurze Pause. „Ich denke, ich bin ganz gut damit fertig geworden. Mit sechzehn war ich persönlich vermutlich schon weit genug in meiner Entwicklung, als dass mir das einen großen Knacks hätte geben können, glücklicherweise. Und außerdem habt ihr euch ja wenigstens einigermaßen einvernehmlich getrennt und euch keine Schlammschlacht geliefert. Auch wenn ich euch nicht mehr zusammen hatte, ist mir ja keiner von euch verloren gegangen. Sieht also aus, als wäre ich ein relativ glückliches Scheidungskind, im Gegensatz zu vielen anderen."

Wie schon während seiner Erklärung schaute er mich mit einem ganz zufriedenen, immer wieder zum Lächeln neigenden Gesicht an; und ich war froh über das, was er sagte. Dennoch verspürte ich nach wie vor ein Unbehagen bei dem Gedanken daran, dass meine Frau und ich uns vor inzwischen neun Jahren getrennt und Matthias damit in eine wirklich unangenehme Situation gebracht hatten. Vereinbart hatten wir damals, dass er bei seiner Mutter leben würde, was für ihn auch kein Problem war, aber lange hielt es ihn dort nicht. Schon bald nachdem er das Abi in der Tasche hatte, gründete er mit zwei Freunden zusammen in Calw eine WG, die er für seinen Teil über Ferien- und Nebenjobs finanzierte, und die bis heute Bestand hatte. Er schien damit wirklich ganz glücklich zu sein, sonst hätte er sich zu Beginn seines Studiums vermutlich etwas nahe der Uni gesucht.

„Das heißt, obwohl man bei dir aufgrund deiner persönlichen Geschichte annehmen könnte, dass du einen Knacks abbekommen hast", sagte ich mit einem leichten Grinsen, „geht es dir im Großen und Ganzen ganz gut?"

Seine Augenbrauen hoben sich und mit leicht fragendem Blick nickte er zögerlich und wartete auf meine Fortsetzung.

„Heute Morgen hörte ich einen jungen Mann sagen, er wünsche sich, nie geboren worden zu sein. Und er meinte es ernst. Oberflächlich betrachtet scheint er immer alles gehabt zu haben, was ein Mensch so braucht. Hast du jemals solche Gedanken gehabt?" fragte ich mit nachdenklicherer Miene.

Ebenso nachdenklich schüttelte Matthias sofort den Kopf und bestätigte nach kurzem Zögern: „Nein, definitiv nicht, aber ich musste gerade sofort an Hiob denken."

Er sah an meinem Blick, dass ich ihm nicht direkt folgen konnte.

„Hiob, von dem in der Bibel erzählt wird. Diese Geschichte beschäftigt mich schon einige Zeit. Das sind eigentlich seine Worte. Es wird erzählt, wie er seinen großen Besitz verliert, dazu seine Kinder, dann seine Gesundheit. Was ihn dazu bringt, dass er Gott vorwirft, ihn grundlos leiden zu lassen, anstatt ihm sein Leben einfach von vornherein in Gänze erspart zu haben."

Jetzt war mir klar, um was es ging. Die Geschichte von dem Mann, den Gott aus unerfindlichen Gründen in die Hände des Teufels gab, war mir durchaus bekannt.

„Da ist es ja nachvollziehbar. Großer Verlust, großes Leid. Aber wenn doch jemand augenscheinlich alles hat, wie kann es dann zu dieser Einstellung kommen?" fragte ich.

„Vielleicht leidet er einfach unter einer Depression", sagte Matthias.

„Wer tut das nicht?" antwortete ich etwas sarkastisch und setzte fort: „Nein, im Ernst, das ist mir zu leicht dahin gesagt. Was ist denn eigentlich eine Depression? Wurde dein Hiob depressiv, nachdem er diese Verluste erlitten hatte? Oder war er es schon vorher? Vielleicht hätte er es andernfalls ja besser verkraftet?" Ich schaute meinen Sohn herausfordernd an. Man konnte ihm ansehen, wie sein Hirn auf Hochtouren arbeitete.

„Schwer zu sagen, und ich würde meinen, nicht auszuschließen, dass Hiob eine Neigung zu etwas schwermütigem Denken hatte", sagte er schließlich. „Wenn ich mich recht erinnere, dann war er zum Beispiel schon als es ihm noch gut ging schwer um das Wohl seiner Kinder besorgt. Er hat vorsichtshalber Brandopfer für sie gebracht, für den Fall, dass sie gegen Gottes Gebote verstoßen hätten. Das deutet darauf hin, dass er sich immer schon viele Gedanken gemacht hat, vielleicht zu viele, und so könnte es ein kleiner Hinweis auf deine Theorie sein. Könnte aber auch sein, dass er einfach ein echt treusorgender Vater war, oder dass die Opfergaben zu diesem Zweck damals völlig normal waren."

Matthias machte eine kurze Pause, dann fragte er: „Inwiefern denkst du, könnte dir das für deinen Fall weiterhelfen?"

„Ich weiß noch nicht, ich will einfach besser verstehen, was im Kopf dieses jungen Menschen vorgeht. Außerdem interessiert mich eben, wie du mit den negativen Seiten des Lebens bisher klargekommen bist."

Er hörte mir aufmerksam zu und erwiderte nach kurzer Zeit: „Wie gesagt, mach dir über mich keine Gedanken. Ich hab eure Trennung ganz gut verkraftet, ihr seid trotz allem echt gut für mich dagewesen. Und wenn es mal nicht so überragend war, dann hatte es dennoch etwas Gutes, da ich mich dann oft ins Bibellesen gestürzt, mich auf die Suche nach Gott gemacht und meinen Glauben gefunden hab. Herzlichen Dank!" Er grinste einen Moment und fuhr dann fort: „Was deinen Lebensmüden betrifft, solltest du dir klarmachen, aber das weißt du normalerweise selbst, dass es genügend Dinge gibt, die solche Gedanken hervorrufen können, nach außen aber ewig verborgen bleiben. Und davor ist wahrscheinlich kaum jemand gefeit, so schön die Umstände auch zu sein scheinen."

Er hatte Recht, dies war mir sehr wohl bewusst, wenngleich ich persönlich bislang von einer daraus resultierenden extremen Sinnkrise verschont blieb. Meine Scheidung war nach außen auch für kaum jemanden nachvollziehbar, nicht einmal meine Frau und ich hatten für alles, was zur Trennung führte, eine Erklärung. Dennoch schien es uns unvermeidbar. Und selbst mir ging es in verschiedenen, wenn auch wenigen Momenten so, dass ich merkte, wie mir im Grunde unbedeutende Ereignisse auf den Magen schlugen und mir das Leben kurzfristig unnötig schwerer machten. Es konnte also durchaus genügend Dinge geben, die Benjamin Michels aus der Bahn warfen oder geworfen hatten, für die es keine offensichtliche Erklärung gab. Und diese Dinge interessierten mich, aber hinsichtlich des Falles war wahrscheinlich die Frage nach der Ursache nicht ganz so wichtig wie die Frage nach den Auswirkungen. Wenn sich das eine vom andern überhaupt trennen ließ.

Wir tranken zwischendurch immer wieder von unserem Kaffee.

„Sag mal, dachte Hiob in seinem Unglück eigentlich dran, sich selbst das Leben zu nehmen?" hakte ich nochmals nach.

Er setzte seinen Becher ab und sortierte kurz seine Gedanken. „Nein, zumindest wird davon nichts berichtet. Ich vermute, dass seine Ehrfurcht vor Gott dafür doch zu groß war, als dass er dem Herrn über Leben und Tod hier ins Handwerk gepfuscht hätte; so sehr er ihn auch angeklagt hat. Andererseits, und da würde ich sagen, das spricht gegen eine Depression bei Hiob, wird auch vermittelt, dass er sich Gott gegenüber im Recht fühlte, dass er reinen Gewissens war und von daher trotz allem gar nicht daran dachte, den Kampf aufzugeben, sondern auf sein Recht bestand. Das zeugt für mich von großem Selbstbewusstsein", erklärte er mir.

„Und wie sieht es mit Rachegelüsten aus? Wurde er aggressiv? Wünschte er jemandem den Tod?" fragte ich weiter.

„Nur sich selbst, aber wie gesagt, ohne Ambition, selbst nachzuhelfen. Vermutlich hätte er gar nicht die Kraft gehabt, irgendjemandem etwas anzutun, so angeschlagen wie er beschrieben wird. Er äußerte aber auch keine Gedanken in diese Richtung, nicht gegen diejenigen, die ihm seinen Besitz und seine Kinder nahmen, und nicht gegen seine Freunde, die alles besser wussten und versuchten, ihn auf den richtigen Weg zu bringen", sagte Matthias.

Ich nahm mir meinen Kaffeebecher, lehnte mich zurück und trank den noch verbliebenen Rest; Matthias tat es mir gleich. Ein Blick auf meine Armbanduhr machte mir dann klar, dass ich mich dringend um den Psychologen kümmern musste, wenn ich ihn heute Nachmittag noch im Vernehmungsraum haben wollte.

Etwas mitleidig grinsend schaute ich Matthias in die Augen und sagte: „Herzlichen Dank für deine Ausführungen, aber ich muss dich jetzt leider hinauswerfen, was für dich wohl bedeutet, dass du etwas für dein Studium tun musst! Schadet dir sicherlich nicht."

„Na ja, wenn ich dir nicht ständig bei deiner Arbeit helfen müsste, wäre ich wahrscheinlich schon längst fertig", erwiderte er trocken, stellte seinen Becher ab und sprang auch schon von seinem Stuhl auf. „Ich denke, ich werde mir das Buch Hiob heute nochmals durchlesen. Vielleicht kann ich dir damit ja noch weiterhelfen."

Ich würde ihn nicht davon abhalten können, nicht nach diesem Gespräch. Es wäre für ihn und die Frucht seiner Nachmittagsarbeit sicher besser gewesen, ich hätte ihm meine Fragen nicht gestellt, dachte ich mir insgeheim, während ich ihn verabschiedete und aus dem Büro geleitete. Aber ich schätzte seine Meinung und seine Gedanken eben auch sehr.

In den nächsten dreißig Minuten wechselte ich zunächst einige freundliche Worte mit unserer netten Vorzimmerdame, an die ich auch die Aufgaben Sabrina Maier und den Psychologen betreffend delegieren durfte. Wie sich herausstellte, hatte sie sich den Vormittag aufgrund eines Arzttermins freigenommen, was ich eigentlich hätte wissen müssen, jedoch offensichtlich vergessen hatte. Sie war eine ruhige, sachliche, kompetente und sehr freundliche Frau, Anfang vierzig, die ich längst nicht mehr missen mochte, weil sie unsere Arbeit oft so sehr vereinfachte; wenn sie nur auch unsere Berichte schreiben dürfte. Anschließend schaute ich bei Jens im Büro vorbei, um festzustellen, dass er tatsächlich bereits an Michels' Rechner saß und in die Suche nach hilfreichen Informationen vertieft war. Wir einigten uns darauf, dass ich ihn dabei erst mal nicht stören würde, und so kehrte ich wieder in mein Büro zurück und legte mir eine Strategie zurecht, mit der ich Michels im Verhör aus der Reserve locken wollte. Wenn er denn überhaupt etwas Entscheidendes zu verbergen hatte.

6

Es war bereits sechzehn Uhr durch, als ich mich erneut mit Jens in seinem Büro zusammensetzte, um den neuesten Stand der Dinge zu besprechen. Ich hatte in der Zwischenzeit nicht nur intensiv darüber nachgedacht, wie ich mit Benjamin Michels im folgenden Verhör umgehen sollte, sondern hatte auch mit einem Kollegen der KTU sowie mit Klein telefoniert und musste zwischendurch unsere Pressesprecherin in einem kurzen Gespräch über den Ermittlungsstand informieren. Die Anfragen verschiedener Medien häuften sich scheinbar, alle wollten sie natürlich so schnell wie möglich möglichst mehr als die anderen über dieses schreckliche Ereignis berichten. Ein Verbrechen dieser Art war hier auf dem Land eben noch etwas Besonderes. Ich erzählte der Pressesprecherin alles, was ich wusste, was ja nicht wirklich viel war. Aufgrund der laufenden Ermittlung würde aber selbst von dem Wenigen kaum etwas auch morgen in der Zeitung stehen, wenn wir es nicht wollten. Zumindest nicht aus dieser Quelle. Ganz klar war, dass mein Chef, die Pressesprecherin, Jens und ich uns gegen später diesbezüglich auch nochmals beraten würden, denn eventuell war es ja angebracht, bewusst verschiedene Informationen preiszugeben. Zum einen, um falschen Spekulationen vorzubeugen, zum anderen aus ermittlungstaktischen Gründen. Das Verhör von Michels war davor aber in jedem Fall abzuwarten.

Von Klein, der sich vor Ort um das Abklappern der Gaststätten und Treffpunkte kümmerte, gab es bislang keine Neuigkeiten. Früher Nachmittag war doch noch zu früh, um in allen verschiedenen Einrichtungen jemanden anzutreffen. Die Gaststätte des lokalen Fußballvereins war einer von bislang drei Orten, an denen dies gelungen war. Über Besonderheiten, wie auffällige

Gäste zum Beispiel, konnte der Wirt jedoch auch dort nichts berichten, denn er hatte an diesem Abend gar nicht geöffnet. Die Fußballer würden schon seit einiger Zeit nicht mehr am Donnerstag, sondern am Freitag trainieren und dadurch würde sich der Betrieb an diesem Abend gar nicht lohnen. Andernorts war zwar geöffnet, aber bereits um dreiundzwanzig Uhr dicht. Immerhin habe er aber noch die Bauwägen vor sich, deren Besuch er sich jedoch für den sehr späten Nachmittag aufgehoben hatte, um dort auch wirklich einige Leute anzutreffen, meinte Klein. Hier verspreche er sich am ehesten brauchbare Infos.

Von der KTU gab es ebenso wenig Neues zu berichten, mir wurde lediglich bestätigt, was am Vormittag bereits als fast sicher galt. Das hieß im Wesentlichen: keine Fingerabdrücke auf der Tatwaffe und damit weiterhin keine Hinweise auf weitere beteiligte Personen. Analyse und Abgleich der gefundenen Fasern waren allerdings noch nicht abgeschlossen, diesbezüglich müssten wir uns noch gedulden.

Für das hypothetische Szenario, bei dem Benjamin Michels der Täter war, ergab sich daraus, dass er die junge Frau erstochen, anschließend die Tatwaffe gereinigt und in die Wiese geworfen oder getragen hätte, um sich danach um sein Opfer zu kümmern oder zumindest so zu tun. Eine Handlung im Affekt unter hohem emotionalen Stress, jedoch gepaart mit der geistigen Klarheit, keine Fingerabdrücke zu hinterlassen? Oder dann doch eher ein wirklich ausgefeilter Plan und eine schauspielerische Glanzleistung? Beides schien mir nach wie vor unglaublich.

Ich hatte Jens also nicht sonderlich viel Interessantes zu bieten, er mir dagegen schon. Vom bereits bekannten E-Mail-Austausch zwischen Michels und Klamm waren in seinem Mail-Programm zwar nur ihre Nachrichten an ihn zu finden, wahrscheinlich weil er die seinen, der Anonymität wegen, direkt aus dem Internet verschickt hatte, aber Jens fand auf der Festplatte eine Textdatei, in der der ganze, jüngste Austausch sauber sortiert und datiert nachzulesen war. Diese Ordnung zeigte, dass es sich hier für Michels definitiv um nichts Beiläufiges handelte.

Die noch unbekannte Vorgeschichte, auf der dieser Austausch eben gründete, war dagegen nicht in den E-Mails zu finden, sondern vermutlich in Form eines weiteren Textdokuments, satte neunzig Seiten umfassend. Jens hatte sich diesem in den letzten eineinhalb Stunden zwar intensiv gewidmet, konnte aber viele Stellen nur sehr grob überfliegen, weshalb die Bedeutung dieses halben Romans noch nicht ganz klar war. Er fand darin jedenfalls ein Gedicht, bei dem es sich um dasjenige handeln konnte, von dem in einer E-Mail die Rede war. Und er konnte nachvollziehen, dass es sich bei der ganzen aufgeschriebenen Geschichte, die Michels ja auch in einer seiner Mails erwähnt hatte, um mindestens zwei verschachtelte Liebesgeschichten handeln musste. Wenn sich Jens nicht irrte, dann begann die Schwärmerei unseres Verdächtigen für die Getötete tatsächlich schon früh in seiner Schulzeit. Die Geschichte erzählte wohl anschaulich von einigen Begegnungen der beiden, die Michels zwar sehr viel bedeutet haben mussten, bei denen er aber nicht in der Lage gewesen war, seine Gefühle zum Ausdruck zu bringen, so dass Hannah Klamm letztlich nie etwas davon erfuhr.

mag sein, du hast nie daran gedacht
und vielleicht hättest du mich ausgelacht,
wenn ich nicht geschwiegen hätte.

jetzt fragst du dich mit Sicherheit,
was ich nicht hätte sagen sollen,
ich glaub für viele wär's 'ne Kleinigkeit.

doch nicht für mich, denn selbst im Traum
gelang mir die Realisierung kaum,
dir zu gestehen, dass ich dich mag.

wahrscheinlich ist es längst zu spät
und vermutlich so auch gut,
und wenn's so ist, dann wünsch ich mir,
dass nun mein Traum in Frieden ruht.

Das war das Gedicht, mit dem er höchstwahrscheinlich vor zwei Jahren Kontakt zu Hannah Klamm aufgenommen hatte. Da er in seiner ausführlichen Erzählung keine Namen verwendete, sei diese Annahme noch nicht hundertprozentig sicher, aber der Kontext wäre doch recht deutlich, meinte Jens.

Spontan dachte ich, dass ich dieses Gedicht in der Vernehmung verwenden würde. Ein Aufhänger dieser Art hatte mir in meinem Plan zwar nicht gefehlt, aber konnte es etwas Besseres geben als solch eine Offenbarung seiner tiefsten Gefühle in Form eines Gedichtes, um mit ihm zu gegebener Zeit auf eine Gesprächsebene zu kommen, die absolut wahrhaftig war?

Jens hatte sich bei seiner Arbeit am Rechner zum einen darauf konzentriert, Informationen zur Beziehung zwischen den beiden zu finden, und zum anderen, aufgrund des Gesamteindrucks ein besseres Bild von Benjamin zu bekommen. Im Blick auf die Beziehung zu Hannah Klamm war über den E-Mail-Austausch und das lange Textdokument hinaus allerdings nichts Weiteres zu finden. Aus der E-Mail-Verwaltung ging wohl zwar hervor, dass es einige Freunde gab, mit denen Benjamin auch immer wieder über private Dinge sprach, jedoch relativ oberflächlich, so gewann Jens den Eindruck. Austausch über seine Geschichte mit Hannah Klamm war auf die Schnelle keiner zu finden, nicht einmal in den letzten drei, vier Wochen, in denen diese Sache offensichtlich wieder an Bedeutung gewonnen hatte.

„Also für mich wird er immer bedauernswerter, der Junge", stellte Jens in den Raum, nachdem er mich mit seinen Informationen überhäuft hatte. „Kommt aus eigentlich guten Verhältnissen und fliegt aus unerfindlichen Gründen doch dermaßen aus der Kurve."

„Weißt du noch, wie ich dir heute Mittag aus seinem Tagebuch vorgelesen hab, wie ihn ein dummer Fehler zum Außenseiter gemacht hat? Hast du dazu in seiner Geschichte irgendwas gefunden?" fragte ich.

Er überlegte kurz. „Er hat interessanterweise auch da nichts Konkretes geschrieben, zumindest nicht an der Stelle, die mir dazu über den Weg lief. Da hat er es nur angedeutet. Hinsichtlich der beiden Liebesgeschichten schreibt er schonungslos offen, aber bei den meisten anderen Dingen, die nicht direkt etwas damit zu tun haben, da bleibt er doch ein Rätsel."

„Wenn es sich ergibt, frag ich ihn nachher einfach danach", erwiderte ich ruhig.

„Die Geschichte, wie er sie geschrieben hat, und vor allem was er da alles geschrieben hat, klingt echt …", Jens suchte kurz nach dem richtigen Wort, „… traurig. Ja, genau, traurig. Er beschreibt da zum Teil seitenlang, wie er ganz konkrete Begegnungen erlebte und darüber nachdachte, ob und was sie zu bedeuten hatten."

Ich schaute meinen Kollegen aufmerksam an und hörte ihm zu.

„Das ist doch Wahnsinn, seit Jahren trägt er da Dinge mit sich herum, an die andere nach ein paar Wochen nicht mehr denken, und wird sie nicht los. Wer schreibt denn schon ein ganzes Buch über seine Liebschaften der Jugend? Was muss denn alles schiefgehen, damit jemand mit diesen Erlebnissen so gar nicht fertig wird? Stattdessen klammert er sich förmlich an diese verwegene Hoffnung, mit seiner heimlichen Liebe zusammenzukommen, ohne aber irgendetwas unternehmen zu können. Ich kann mir das einfach nicht vorstellen, er kommt ja jetzt nicht gerade aus einer Problemfamilie, wo hat er dann aber diesen Knacks in seiner Psyche abbekommen?"

Es war recht selten, dass Jens so emotional auf einen Fall oder, besser gesagt, auf die Probleme einer involvierten Person reagierte.

Er nahm die Ausdrucke, die er gemacht hatte, vom Tisch, blätterte wahllos darin und fuhr fort: „Diese Aktion, die er da vor kurzem gestartet hat, Hannah Klamm anonym anzuschreiben, die klingt ja schon verrückt, wenn man den Zusammenhang noch nicht kennt. Vor zwei Jahren hat er es schon mal getan und auch da war es nicht die erste Aktion dieser Art. Wenn ich seinen Text richtig lese, dann gab es vorher bereits eine weitere. Wo ist denn eigentlich sein Selbstwert, frag ich mich. Warum war es für ihn denn so schwer, seine Vergangenheit aufzuarbeiten oder damit umzugehen, wie er es in einer seiner Mails schrieb? Die meisten denken darüber doch gar nicht nach. Und warum hat er in seiner Jugend nicht einfach nur gelebt, sich stattdessen zurückgezogen? Es ist ja auch nicht gerade so, dass er irgendwie hässlich oder beschränkt wäre, und das wird vor zehn Jahren wahrscheinlich nicht anders gewesen sein. Da muss es sich bei dem Fehler, von dem er schrieb, doch um einen wirklich dramatischen gehandelt haben, oder nicht?"

Er merkte, dass er in einen Monolog verfallen war und die Worte unkontrolliert, aber ehrlich aus ihm herausdrangen, hielt inne und beruhigte sich. Dann schloss er seine Rede ab: „Ich weiß nicht, was ich davon halten soll. Also wenn sich da wirklich so viel bei ihm angestaut hat und er auf derartige Weise nach Erlösung sucht, dann kann ich auch nicht ausschließen, dass er ausgeflippt ist, wenn Hannah Klamm irgendetwas Falsches zu ihm gesagt haben sollte. Am besten, er gesteht oder wir können ihm das Messer eindeutig zuordnen, sonst haben wir, so wie es aussieht, hier eine echt harte Nuss zu knacken."

Ich ließ seine Worte einen Moment im Raum stehen.

„Hiob hat auch keinen umgebracht", sagte ich in die Stille hinein.

„Hiob?" Jens schaute mich entgeistert an. „Du meinst den Hiob im Alten Testament? Dein Sohn war wohl wieder da?"

Ich nickte. „Du kennst die Geschichte demnach?" fragte ich interessiert.

„Wenn ich mich recht entsinne, dann wurde Hiob von Gott ziemlich heftig auf die Probe gestellt", sagte Jens.

„So in der Art", gab ich mein Halbwissen preis. „Gott hat dem Teufel erlaubt, ihm Leid zuzufügen, also war er es nur indirekt."

„Direkt oder indirekt, was ist da der Unterschied? Für Hiob war Gott der Verantwortliche, wenn er also jemanden hätte umbringen müssen, dann ihn, aber das lässt sich ja mit Michels und Klamm überhaupt nicht vergleichen", sagte Jens bestimmt und ließ die Papiere aus seiner Hand auf den Schreibtisch gleiten.

Ich schmunzelte. „Na ja, er hätte auch an den Leuten Rache üben können, die seine Kinder umgebracht hatten, aber er dachte gar nicht daran. Kann es also nicht auch sein, dass es Menschen gibt, die trotz allem Unglück und trotz aller Ungerechtigkeit nicht dazu neigen, selbst irgendjemanden dafür zur Rechenschaft zu ziehen? Menschen, die stattdessen vielmehr, und sei es auch nur aufgrund eines winzigen Funkens Hoffnung, unermüdlich darauf bauen, dass es irgendwann doch eine Art göttlicher Gerechtigkeit gibt?"

Jetzt hörte Jens mit gespitzten Ohren meinen Worten zu, die zugegebenermaßen auch nicht sehr bedacht waren. Es gefiel mir aber, mit meinem Kollegen auch mal einen Dialog auf dieser etwas anderen Ebene zu führen.

Ich fuhr fort: „Was mir aber hier noch mehr zu denken gibt als die Tatsache, dass weder Hiob noch Michels für übertriebene Aggressivität bekannt sind, ist, dass weder Hiob noch Michels Ansätze zeigen beziehungsweise zeigten, ihrem unglücklichen Dasein selbst ein Ende zu setzen. Bei Hiob lässt sich das, wie Matthias meinte, vielleicht daran festmachen, dass er sich wirklich bedingungslos zum einen im Recht und zum anderen in der Hand Gottes sah und er deshalb darauf bestand und vertraute, dass die Verantwortung bei Gott lag und nicht bei ihm. Bei Michels dagegen weiß ich nicht, warum es bisher kein Thema für ihn war. Seine Tagebucheinträge ließen eigentlich darauf schließen, aber vielleicht war das Fass bislang schlicht und ergreifend noch nicht voll genug. Vielleicht ist er aber auch nur ein erheblich stärkerer junger Mann, als es nach außen scheint. Nur leider wird dadurch auch nicht klar, ob die Begegnung mit Hannah Klamm nun das Fass zum Überlaufen brachte und sich seine Überspannung auf tragische Weise entlud oder ob er nur zu spät kam."

Jens schüttelte ratlos den Kopf und lenkte den Blick auf eine interessante Frage. „Welchen Sinn macht denn eigentlich die Überlegung, dass Michels dieses Messer bei sich haben sollte, als er sich mit Klamm traf?"

„Keinen", antwortete ich.

„Wenn er es also tatsächlich gewesen sein sollte, dann war es geplanter Mord, geplant bis ins Detail. Vielleicht hat er diesen halben Roman nicht gerade deshalb geschrieben, aber irgendwann festgestellt, dass es keine Anhaltspunkte in seinem Leben gab, die ihn von seiner Art her ernsthaft als Täter plausibel werden ließen. Die E-Mails dann noch fein durchdacht, so geschrieben, dass sich Hannah Klamm auf ein Treffen einließ, ein Messer eingepackt, sich die Story mit den zwei Unbekannten zurechtgelegt, um sich letztlich auf das perfide Spiel einzulassen, als letzter Kontakt des Opfers aufgrund eines Mangels an Hinweisen auf andere Täter als Verdächtiger dazustehen. Dann musste er wegen des Defekts der Fahrzeugelektronik zwar etwas improvisieren, was aber die zurechtgelegte Situation nur unwesentlich veränderte", so fasste Jens zusammen.

„Und das Motiv, das ihn dazu trieb, war die Hoffnung, dass auf diese Weise sein nicht enden wollender Traum endlich in Frieden ruhte. Das Gedicht alleine hatte ja nicht gereicht", ergänzte ich. „Liebe, Eifersucht, Sehnsucht, sicherlich häufige Motive, aber im Blick auf die hier vorliegende Gesamtsituation doch sehr seltsam und merkwürdig. Welcher Ermittler sollte das in diesem Fall bitte ernsthaft auf diese Weise in Betracht ziehen?"

„Der perfekte Mord", sagte Jens anerkennend.

„Oder er kam einfach nur zu spät", wiederholte ich die zweite Option. „Was klingt für dich wahrscheinlicher?"

Jens zog die Augenbrauen hoch, schaute ungläubig und lenkte nach einem kurzen Moment der Stille das Thema auf meine Strategie für die Vernehmung. In wenigen Sätzen legte ich ihm meinen Plan dar, der logischerweise zum einzig sinnvollen Ziel führen sollte: Am Ende musste ein Geständnis stehen oder Benjamin Michels musste uns absolut überzeugt haben, dass er nicht der Täter sein konnte. Als alle Unklarheiten geklärt waren, erhob sich Jens von seinem Sessel und gab damit das Zeichen zum Aufbruch.

Erfreut stellten wir fest, dass der gewünschte Psychologe bereits eingetroffen war und uns bei unserer Perle im Vorzimmer Tee trinkend erwartete. Wir begrüßten den sehr schlanken, großgewachsenen Mann, der etwa meiner Altersklasse angehören musste, und machten uns gemeinsam auf den Weg zum Vernehmungsraum. Über einen kleinen Umweg holten wir dabei Kriminaldirektor Schmidt, den Dienststellenleiter, ab, der sich das mit ansehen wollte. Wenngleich dieser weder ähnlich schlank wie der Psychologe noch so sportlich wie Jens war, hatte er doch deren Größe und ich stellte innerlich schmunzelnd fest, wie ich mir inmitten dieser

Gruppe von Riesen plötzlich irgendwie klein vorkam, obwohl ich selbst ja nicht gerade der Kleinste war.

7

Als wir Benjamin Michels zusammen mit seinem Anwalt antrafen, war es kurz vor siebzehn Uhr. Wir waren also sogar etwas früher da als vereinbart. Am frühen Nachmittag hatte mir der Anwalt zwischendurch mal einen kurzen Besuch abgestattet, er wollte wissen, wann wir seinen Mandanten entlassen würden, da wir ohnehin nichts in der Hand zu haben schienen. Da ließ ich ihn wissen, wann wir an eine weitere Vernehmung dachten, in deren Anschluss wir dann entscheiden würden, wie es weitergeht.

Wie am Vormittag nahmen wir an den Längsseiten des großen rechteckigen Tisches Platz: Michels und sein Anwalt gegenüber der Wand mit dem großen Einwegspiegel, hinter dem sich unser Chef und der Psychologe befanden, Jens Sauer und ich auf der anderen Seite, mit dem Rücken zum Spiegel. Der Raum war in sehr hellen Farbtönen gehalten, die Wand zu meiner rechten, gegenüber der Eingangstür, war fast komplett mit Fenstern versehen. Da wir inzwischen, anders als noch in der Nacht, einen nahezu wolkenfreien Himmel hatten, war es im Raum hell genug, so dass wir auf das eingeschaltete Licht im Grunde hätten verzichten können.

Da die Fenster nach Süden ausgerichtet waren, flutete die Spätnachmittagssonne noch einen guten Teil des großzügigen Raumes, was uns aber nicht streifte und deshalb nicht störte.

Dieses Mal nutzten wir die installierte Aufnahmeanlage und nach einem kurzen Test der auf dem Tisch verankerten Mikrofone erledigten wir die Formalitäten und kamen zur Sache.

Ich wandte meinen Blick Benjamin Michels zu, der mit etwas hängenden Schultern zurückgelehnt auf seinem Stuhl saß, die Hände unter dem Tisch auf seinem Schoß. Er schaute dabei nicht gerade sehr glücklich drein. Ich ließ noch einen Moment der Stille.

„Was haben Sie denn gestern Abend gemacht?" fragte ich sachlich.

Er zögerte etwas, vermutlich leicht verunsichert, was ich eigentlich wollte. „Bevor ich mich mit Hannah treffen wollte?"

Ich nickte.

„Ich war zuhause und hab gewartet, dass es endlich elf wird."

„Wie gewartet? Sie müssen doch irgendetwas getan haben?" fragte ich nach.

Er überlegte kurz. „Ich hab viel darüber nachgedacht, wie es wohl laufen würde, was sie sagen würde, was ich sagen sollte und ob mir das alles überhaupt helfen konnte." Wieder ging er kurz in Gedanken. „Und immer wieder hab ich mich auch gut gefühlt, weil ich endlich mit ihr reden konnte und hoffte, dieses Kapitel endlich schließen zu können."

Ich schaute ihn weiter fragend an.

„Zwischendurch war ich mal im Internet, hab ferngesehen. Hab einfach versucht, mich abzulenken und das Treffen auch nicht überzubewerten, aber so richtig ist mir das nicht gelungen", sagte er.

„Und dann sind Sie zum vereinbarten Treffpunkt gegangen, zu Fuß?" fragte ich.

„Ja, ist ja nicht so weit von uns zuhause, fünfzehn Minuten reichen da etwa. Wenn ich den Kopf so voller Gedanken hab, dann geh ich solche Strecken über die Feldwege gerne mal zu Fuß, da hat man seine Ruhe", sagte Michels.

„Wann waren sie beide verabredet?"

„Gegen elf, oder auch Viertel nach, sie konnte es nicht exakt sagen, da sie sich vorher wohl mit jemandem verabredet hatte. Keine Ahnung, mit wem."

„Ich weiß, ich hab Sie das letzte Nacht auch schon gefragt, aber können Sie uns jetzt mit ein klein wenig Abstand einfach nochmals schildern, was dann passiert ist?" bat ich ihn höflich.

Er zeigte sich verständnisvoll und nickte. „Ich war fünf vor elf am Treffpunkt und hab dort gewartet, hab mich auf die Bank gesetzt. Ich war ziemlich aufgeregt. Immer wieder dachte ich, sie kommt, wenn ich etwas gehört hab, aber es ist lange nichts passiert. Als es viertel zwölf durch war, hab ich mir schon sehr viele Gedanken gemacht, dass sie wahrscheinlich gar nicht kommt, aber ich hab weiter gewartet. Bis Mitternacht wollte ich warten. Ich wollte einfach nicht zu früh wieder gehen und ihr alle Zeit geben."

Er wurde angesichts dessen, was er jetzt schildern sollte, offensichtlich etwas unruhiger, seine Stimme zitterte immer wieder etwas.

„Ich glaub, es war noch vor halb elf, genau weiß ich es nicht, als ich Lichter scheinen sah und leise ein Auto hörte. Es kam mir vor, als würde es aus der Stadt raus in Richtung des Grillplatzes fahren, plötzlich war es aber wieder still. Ich hab keine Ahnung warum, aber es hat mich interessiert, was los war, deshalb bin losgegangen. Hätte ja sein können, dass es ein Missverständnis gab, was den Treffpunkt betrifft. Zuerst bin ich normal gegangen, aber schon bald hab ich die ersten Schreie von einer Frau vernommen und dann auch männliche Stimmen laut reden gehört. Dann bin ich gerannt, dachte, irgendetwas stimmt dort nicht. Als ich noch ein Stück weg war, hab ich laut gerufen, was da los sei, dann sind plötzlich zwei Typen weggerannt. Kurz danach kam ich dort an und hab Hannah am Boden erkannt. Erst wollt ich den zwei Kerlen hinterher, bis ich geblickt hab, dass ich mich doch um Hannah kümmern musste."

Er schaute tief betrübt und betroffen auf den Boden bis er seine Fassung wieder einigermaßen gefunden hatte.

„Ich glaube nicht, dass sie mich noch wahrgenommen hat, als ich mich neben sie gekniet und sie angesprochen hab. Ich hab ihren Namen gesagt oder gerufen, war total in Panik und hab sie an den Schultern geschüttelt, aber sie hat nicht mehr reagiert. Ich hab das Blut gesehen am Bauch, ihre Kleider waren da voller

Blut. Hab mit den Händen auf die Wunde gedrückt, wollte dass es aufhört. Keine Ahnung, was ich genau alles gemacht und versucht hab. Irgendwann hab ich glaub nur noch geheult und sie immer wieder angesprochen und an ihr gerüttelt, dass sie aufwacht. Bis dann die Polizei gekommen ist und ich von ihr weggebracht wurde."

„Und warum haben Sie nicht den Notruf gewählt?" fragte ich, wohl wissend, dass er es versucht hatte. Sein Handy hatten wir überprüft und er befand sich am Tatort erstaunlicherweise tatsächlich in einem Funkloch. Hannah Klamm hatte direkt nach ihrer Panne ebenfalls versucht, jemanden zu erreichen, hatte aber an dieser Stelle ebenso keine Chance. Ein Nachteil der ländlichen Gegend.

„Ich hab es versucht, nicht sofort … ich weiß, das war dumm, aber ich war total außer mir. Und dann hab ich keinen Empfang gehabt. Dachte, das kann doch eigentlich gar nicht sein, aber so war es", verteidigte er sich.

„Als Sie auf sich aufmerksam gemacht haben, war da der Kampf zwischen Hannah und den beiden Angreifern schon zu Ende oder noch im Gange? War Hannah Klamm schon zu Boden gegangen? Machten sich die Täter an ihren Sachen zu schaffen? War einer am Auto? Konnten Sie da irgendetwas wahrnehmen, was uns helfen könnte?" fragte ich.

Er schüttelte sofort den Kopf. „Mit Sicherheit kann ich da nichts sagen. Die zwei sind direkt von der Straße weggerannt, nur kurz hat einer von beiden nach einigen Metern nochmals abgebremst, ist dann aber auch gleich weiter. Ich denke, dass Hannah schon am Boden war, ich hab sie jedenfalls nicht fallen sehen, aber es war ja auch dunkel und es ging alles so schnell." Er zuckte kurz mit den Schultern.

Ich nahm ein weißes Blatt Papier aus meiner Akte sowie einen Stift und schob ihm beides ruhig hin. „Können Sie bitte eine Skizze vom Tatort machen? Von der Straße, wo das Auto stand, wo Sie Hannah Klamm vorfanden? Ganz einfach, kein Kunstwerk", bat ich ihn freundlich und er schien sich wirklich gut erinnern zu können, denn er zeichnete mit wenigen Strichen innerhalb kurzer Zeit einen recht genauen Lageplan. Dann schob er das Blatt etwas von sich weg, so dass wir es alle gut sehen konnten, und schaute mich Bestätigung suchend an.

Ich nickte zufrieden. „Wo waren Sie, als Sie zum ersten Mal gerufen hatten und die Täter aufgeschreckt wurden? Und wohin sind diese dann genau geflüchtet?"

Er nahm den Kuli und zeigte eine Position. „Hier irgendwo war ich, als ich gemerkt hab, dass etwas überhaupt nicht stimmt. Als ich dann gerufen hab, war ich noch etwa hundert Meter weg oder so, vielleicht ein bisschen mehr, vielleicht weniger."

Die Straße verlief von der Stelle, die er zeigte, am Tatort vorbei bis an den Rand der Siedlung rund dreihundert Meter nahezu kerzengerade durch eine kleine Senke, also zunächst minimal abschüssig, dann Richtung Siedlung mit ganz leichter Steigung. Zehn bis fünfzehn Meter vom Tatort in Richtung Siedlung entfernt, am tiefsten Punkt, ging eine weitere sehr kleine Straße zunächst etwas schräg, auch in Richtung Siedlung, weg. Diese machte dann aber bald eine leichte Kurve und verlief ab da parallel zur Siedlungsgrenze. Gute drei- oder vierhundert Meter später endete dieser leider ebenso geteerte frühere Feldweg und mündete in einen Querweg, der wiederum direkt in die Siedlung führte. Diese Strecke war deshalb von Bedeutung, weil die angeblichen Täter, wie Michels auf seiner Skizze weiter zeigte, auf ihrer Flucht genau diese Richtung eingeschlagen hätten, zumindest soweit er es im Dunkeln verfolgen konnte.

Zum Aussehen der beiden Männer konnte er nichts Verwertbares sagen. Es war ihm seit letzter Nacht auch nichts Weiteres dazu eingefallen, außer dass sie schnell gewesen waren und deshalb wohl auch eher relativ jung. Er versicherte uns, dass er ausführlich darüber nachgedacht habe.

„Als Sie vor dem Treffen von zuhause zum Grillplatz gegangen sind, ist Ihnen da etwas aufgefallen? Sie sind ja über die Felder gekommen, haben die Ruhe gesucht. War es überall ruhig? Da muss doch irgendwo ein Bauwagen in der näheren Umgebung sein, war da nichts los?" fragte ich.

Wieder nahm er sich einige Sekunden Zeit, ehe er antwortete, dachte kurz nach. „Nein, da war nichts. Absolut nichts, kein Auto, keine Leute. Am Bauwagen bin ich bewusst nur indirekt vorbei gegangen, aber aus der Ferne war da nichts zu sehen und nichts zu hören.

Zumindest fiel mir nichts auf. Tut mir leid!" antwortete er mit Bedauern.

„Sie brauchen sich dafür nicht zu entschuldigen", erwiderte ich höflich.

„Waren Ihre Eltern gestern Abend zuhause, während Sie darauf gewartet haben, dass es endlich Zeit für das Treffen wurde?" Das wollte ich wissen, um herauszufinden, ob es irgendwelche verlässliche Quellen dafür gab, dass sein beschriebener Tathergang zumindest in Teilen auch die Wahrheit war.

„Nein, ich war alleine. Und das war gut, sonst hätte ich denen erklären müssen, wo ich so spät noch hingehe", antwortete er kurz.

Nun machte ich eine kleine Pause und ordnete meine Gedanken. Wie ich erwartet hatte, konnte oder wollte er zum Tathergang keine neuen Erkenntnisse liefern. Was seinen Aufenthalt vor dem Treffen betraf, würden wir noch den Verlauf seines Internet-Browsers überprüfen. Er sagte ja, er wäre im Internet gewesen, dann musste er auf seinem Computer diesbezüglich auch Spuren hinterlassen haben. Aber selbst wenn er hier die Wahrheit sagte, wovon ich ausging, war das kein Grund, einfach ebenso davon auszugehen, dass alles Weitere auch der Wahrheit entsprach.

Ich musterte den Anwalt, der bislang erstaunlich entspannt neben Michels saß, sich ab und an eine Notiz machte und noch keine Einwände gegen meine Fragen hatte. Sicherlich hatte er seinen Mandanten zuvor äußerst intensiv befragt und ihm deutlich klar gemacht, was er sagen und wo er besser schweigen sollte. Ich musste mir da keine Sorgen machen, dass er sich noch oft genug zwischen meine Fragen und Michels' Antworten werfen würde.

Kaum hatte ich das zu Ende gedacht, schaute er mich auch schon mit hochgezogenen Augenbrauen fragend an, um mir ausnahmsweise ohne Worte klarzumachen, dass es an der Zeit wäre, fortzufahren.

Ich richtete meinen Blick wieder auf Michels, schaute kurz auf das vor mir liegende Blatt und zitierte: „Doch nicht für mich, denn selbst im Traum gelang mir die Realisierung kaum, dir zu gestehen, dass ich dich mag."

Sofort schaute er mich etwas unruhiger an, aber nicht überrascht. Auch sein Anwalt wirkte jetzt noch aufmerksamer, als er es in seinem Eifer ohnehin schon war, aber er blieb ruhig, es schien ihm klar zu sein, dass derlei Gedanken zur Sprache kommen würden. Vermutlich hatte er sich von Michels ausführlich erläutern lassen, was in etwa bei der Durchsuchung alles zum Vorschein gekommen sein konnte. Und offenbar war Michels dabei sehr ehrlich und offen gewesen.

„Ich gehe richtig in der Annahme, dass dieses Gedicht von Ihnen selbst stammt? Und dass Sie es für Hannah Klamm geschrieben haben?" fragte ich.

Er nickte.

„Würden Sie bitte mit Ja oder Nein antworten, das Aufnahmegerät kann mit dem Nicken leider nichts anfangen", forderte ich ihn ruhig und höflich auf.

„Ja, das Gedicht ist von mir und geschrieben hab ich es für Hannah", antwortete er prompt, aber mit einem Anflug von Scham in der Stimme.

„Sie mussten sie demnach sehr gemocht haben", sagte ich.

Er schaute mich mit etwas glasigen Augen an.

„Wann haben Sie sich in sie verliebt?" fragte ich.

Ehe Benjamin antworten konnte, schaltete sich der Anwalt nun zum ersten Mal ein. „Muss das denn wirklich sein? Wann er sich verliebt hat? Welche Rolle spielt das denn für Ihren Fall? Wollen Sie jetzt etwa seine ganze Lebensgeschichte aufrollen?" fragte mich der Mann im Anzug mit etwas genervtem Unterton.

„Sie wissen genau, dass es sein muss", antwortete ich kurz und knapp, während ich ihm ebenso kurz einen Blick zu warf.

„Klar, Sie sind auf der verzweifelten Suche nach einem Motiv, weil Sie ja sonst nichts, aber auch gar nichts gegen irgendjemanden in der Hand haben, aber was wollen Sie damit nachweisen: Dass mein Mandant der Täter ist, weil er verliebt war? Zugegeben, das gibt es oft genug, aber dann gibt es meist auch noch Beweise, die das untermauern", legte er nach und seine arrogante Art kam dabei endlich voll zur Entfaltung.

Ich entzog mich seiner Aufmerksamkeit und schenkte meine wieder der Hauptperson. „Also, wann ging das los mit Ihnen und Hannah Klamm?"

Der Anwalt lehnte sich wieder zurück und wartete wie ich, jedoch mit grimmiger Miene, auf Michels' Antwort.

„So genau weiß ich das gar nicht mehr, irgendwann in der siebten oder achten Klasse", antwortete er.

„Und wann haben Sie das Gedicht geschrieben und ihr geschickt?" fragte ich.

„Geschickt hab ich es ihr vor zwei Jahren etwa, geschrieben nochmal ein Jahr davor, ungefähr."

Seine Antworten kamen sehr bereitwillig und wieder recht gefasst.

„In der achten Klasse waren Sie vierzehn oder fünfzehn, vor drei Jahren etwa dreiundzwanzig, das heißt, da liegen acht oder neun Jahre dazwischen. Das ist recht ungewöhnlich, meine ich."

Sein Blick wanderte etwas auf dem Tisch umher, als suchte er eine Erklärung. Dann schaute er wieder auf. „Was soll ich sagen, so bin ich eben. Ich hab irgendwann gemerkt, dass ich nie davon loslassen konnte, dass es mich gefangen hielt. Hab mir immer wieder überlegt, wie ich es beenden kann, um endlich frei davon zu sein."

Er schaute etwas hilflos über den Tisch.

„Aber geholfen hat es nicht, sonst hätten Sie jetzt nicht erneut auf sie zugehen müssen?" fragte ich.

Er schüttelte resigniert den Kopf. „Nein, geholfen hat es nicht. Zuerst dachte ich vor zwei Jahren, ich könnte endlich damit abschließen, aber die Zweifel, dass ich es doch nicht konnte, die kamen schon bald." Er dachte nach. „Ich hab nach einiger Zeit wieder angefangen, mir Gedanken darüber zu machen, was denn eigentlich das Problem ist. Und ich denke, es hatte damit zu tun, dass ich ihr zwar gesagt hab, was ich für sie empfand, aber nicht, wer ich war."

„Der Traum ruhte also nach wie vor nicht in Frieden, wie es Ihr Wunsch war", warf ich ein und er musste kurz etwas lächeln, als er die Formulierung hörte. Ich ließ einen weiteren Moment verstreichen, setzte dann fort: „Ich tu mir etwas schwer, und wahrscheinlich nicht nur ich, wirklich nachzuvollziehen, was in Ihnen vorging und vorgeht. Jahrelang hingen Sie in Gedanken an Hannah Klamm fest und wenn man sich vor Augen hält, dass Sie sich nach so langer Zeit dazu genötigt fühlten, endlich auf sie zuzugehen, dann muss sie Ihnen ja wirklich unendlich viel bedeutet haben. Ich frage mich, warum Sie nicht gleich am Anfang auf sie zugegangen sind und sie einfach angesprochen haben? Sie scheinen mir jetzt nicht gerade der Typ Mensch zu sein, der sich vor anderen verstecken muss."

Er stieß hörbar einen Schwung seines Atems durch die Nase aus, als wollte er damit der Vermutung Ausdruck geben, dass wir ihn auch am Ende dieser Vernehmung nicht besser verstehen würden. „Der Schein trügt nun mal immer wieder." Dann schüttelte er den Kopf. „Ich hab einfach nicht geglaubt, dass ich bei ihr eine Chance gehabt hätte. Ich hab nur geglaubt, dass sie mich wahrscheinlich ausgelacht hätte. Und wenn nicht sie, dann meine Mitschüler, alle, die es mitbekommen hätten. Ich dachte damals, ich wäre es nicht wert, daran überhaupt denken zu dürfen." Er schaute kurz nach unten, dann wieder auf mich. „Ich hab über die Jahre festgestellt, dass ich damit immer noch Probleme habe, nicht nur im Blick auf Hannah, ganz allgemein. Mein Denken ist so ...", er suchte nach einem Wort, „... nervend, dass ich mir oft wünsche, ich könnte meinen Kopf gegen einen anderen austauschen." Er schloss kurz die Augen. „Alles, was ich in Sachen Hannah unternommen habe, sollte mir helfen, mein Denken zu ändern, freier zu werden und Dinge aus der Vergangenheit, die mich lähmen, abzuschließen. Ich wollte nicht ewig in alten Verhaltensmustern bleiben und wenn es dafür nötig war, verrückte Dinge zu tun, dann wollte ich davor nicht haltmachen. Außergewöhnliche Situationen erfordern außergewöhnliche Maßnahmen, so heißt es doch, oder?"

Jens, der bislang ruhig neben mir saß und das Gespräch aufmerksam verfolgte, nutzte den Moment der Stille, die nach Michels' Antwort eingetreten war und sprach ihn an: „Das erklärt aber noch nicht, warum Sie nicht in der Lage waren, sie schon damals anzusprechen. Oder warum Sie es auch heute noch anonym tun mussten. Warum haben Sie gedacht, sie würde Sie auslachen? Was ist denn mit Ihrem Selbstbewusstsein? Haben Sie kein Selbstvertrauen?"

Das wiederum brachte den Anwalt zurück ins Spiel. „Das ist jetzt nicht Ihr Ernst?" Sein ungläubiger Blick wechselte von Jens über mich zu seinem Mandanten, mit dem er dann auch redete. „Ich möchte Ihnen nochmals klarmachen, dass Sie darauf nicht antworten müssen und sollten. Sie laufen Gefahr, sich auf dieser psychologischen Ebene unnötig selbst zu belasten. Diese

Fragen haben mit dem Fall nicht mehr viel zu tun", erklärte er ihm mit mahnendem Blick.

Michels folgte seinen Worten aufmerksam und drehte dann seinen Kopf zu mir, als er mich zu reden beginnen hörte.

„Ich weiß nicht, warum Ihr Anwalt immer davon ausgeht, dass es unser dringlichstes Ziel wäre, Ihnen etwas anzuhängen, egal ob Sie dafür verantwortlich sind oder nicht. Und die Situation ist tatsächlich die, dass es keine Indizien dafür gibt, dass der Tathergang, wie Sie ihn geschildert haben, nicht auch der Wahrheit entsprechen könnte. Abgesehen davon, dass Sie in einem Verhältnis zum Opfer standen, das, wie Sie es selbst sagen, außergewöhnlich anmutet. Und dafür gibt es Beweise, die im Zusammenhang mit der Tatsache, dass Sie der einzige Verdächtige sind und es bislang keine Hinweise auf andere gibt, Ihre Situation nicht gerade komfortabel machen. Wenn Sie sich jetzt entscheiden, nicht mit uns zu reden und uns zu helfen, Sie besser zu verstehen, welches Licht würde das wohl auf Sie werfen? Sie sind kein dummer Mensch", sagte ich eindringlich.

Er überlegte, drehte sich zu seinem Anwalt, der ihm kopfschüttelnd einen abratenden Blick zuwarf, dann wandte er sich uns wieder zu, immer noch nachdenkend. Ich war mir sicher, dass er weiter mit uns reden würde.

War er unschuldig, dann wollte er sicher, dass wir ihn verstehen würden, zu lange blieb er in seinem Leben unverstanden. Die Tatsache, dass er bei allem Frust, den er bisher erlebte, auch nach Jahren in der

Lage war, Initiativen der Veränderung zu ergreifen, wie zum Beispiel durch den Kontakt zu Hannah, sprach auch dafür, dass er eher ein Kämpfer war als jemand, der aufgibt. Die Wahrscheinlichkeit, dass heute der Tag war, an dem er resigniert aufgeben würde, schätzte ich nicht sehr hoch ein, bislang machte er auch nicht den Eindruck.

War er andererseits schuldig und trieb lediglich ein abstruses Spiel, dann musste er ohnehin den Eindruck erwecken, er würde mit uns zusammenarbeiten.

Fragend, aber unaufgeregt, schauten Jens und ich ihn an.

„Ich hab schon so oft darüber nachgedacht", durchbrach Benjamin Michels die Stille, „wo und wann ich eigentlich meinen Selbstwert verloren habe. Ich denke, ein Knackpunkt war ein Erlebnis in der siebten Klasse, vielleicht auch in der sechsten, ich kann das nicht mehr genau einordnen. Ich hab mich damals idiotischerweise verleiten lassen, ein Klassengeheimnis zu verraten, weil ich cool dastehen wollte, hab aber nicht damit gerechnet, welche Folgen das haben würde. Ich hab da gar nicht darüber nachgedacht." Wieder ein Kopfschütteln während sein Blick nach unten wanderte. „Es ging um einen geheimen und unerlaubten Wettkampf, den die Klassen unter sich austrugen, der aufflog, weil der Freund, dem ich das Geheimnis verraten hab, eben leider nicht damit geheim hielt. Als dann klar war, dass ich der Verantwortliche dafür war, dass unsere Klasse dadurch in einen Schlamassel geriet und auch bestraft wurde, war ich bei allen untendurch." Sein Blick offenbarte eine innere Fassungslosigkeit. „Ich bekomme noch heute eine Gänsehaut, wenn ich daran denke. Alle, die damit zu tun hatten, selbst meine besten Freunde, die mir wirklich wichtig waren und die ich gebraucht habe, haben mich daraufhin gemieden und mich ganz bewusst ausgegrenzt. Ich wurde richtiggehend geächtet. Wurde beschimpft als jemand, der wohl meint, er wäre besser als die anderen und könne sich alles erlauben. Keiner wollte eine Erklärung hören, keiner wollte verstehen, warum ich diesen Fehler gemacht habe; und dass es mir von Herzen leidtat, hat auch keinen von meinen Freunden interessiert." Es war zu spüren, wie die Enttäuschung in ihm wieder zum Leben erwachte. „Nur an einen einzigen Mitschüler erinnere ich mich, der sich noch mit mir abgab, das Problem war nur, dass mir das nicht so viel brachte, weil er davor eben nicht zu denen gehörte, die mir wirklich viel bedeuteten. Da tut es mir schon fast wieder leid, dass ich das nicht besser zu würdigen wusste." Es entfuhr ihm ein ironisch wirkendes leises Lachen. „Das ist das, was mich an meinen Gedanken heute eben oft nervt. Meine Freunde ließen mich im Stich und ich hab ein schlechtes Gewissen, weil ich das Gefühl habe, nicht dankbar genug gewesen zu sein für das, was mir blieb."

„Aber Sie haben doch sicher mit jemandem darüber geredet? Mit Ihren Eltern zum Beispiel?" fragte ich.

„Das war ja noch nicht alles", antwortete er. „Auch wenn das nach außen damals vielleicht keiner wahrgenommen hat, oder vielleicht jeder so tat, als ob alles normal wäre, diese Geschichte passierte in einer Phase, in der es der Firma meiner Vaters nicht besonders gut ging. Das heißt, mein Vater war ausschließlich damit beschäftigt, die Dinge wieder in die richtigen Wege zu leiten und hatte deshalb noch weniger Zeit für mich als sonst. Was allerdings für mich auch eher eine Erleichterung war, denn er machte es mir nicht gerade leicht. Und meine Mutter litt unter den Spannungen, die daraus für ihre Ehe entstanden, und war damit, so dachte ich, schon genug beschäftigt." Sein Blick wanderte über den ganzen Tisch. „Ganz abgesehen davon, dass mir das alles auch Angst machte. Angst, dass wir alles, was wir hatten, verlieren würden. Und dazu dann die Sache in der Schule. Ich wäre aus Scham am liebsten im Boden versunken."

„Und das hat sich nicht nach kurzer Zeit einfach wieder gelegt?" fragte ich.

„Das ist nur schwer zu erklären, ich hab mich ab da zurückgezogen und hab zugemacht. Sicher haben meine Klassenkameraden irgendwann auch wieder mit mir geredet und vielleicht haben sie sogar vergessen, was passiert war. Aber ich hab es nicht vergessen." Er schloss für einen Moment die Augen. „Und irgendwann in der Zeit hab ich auch Hannah entdeckt, aber ich hatte nicht den Mut, sie anzusprechen. Dachte, ich wäre es nicht wert. Stattdessen hab ich zugesehen, wie andere Jungs ganz einfach auf sie zugegangen sind. Und ich hab zugesehen, wie meine sogenannten Freunde in meiner Klasse gemeinsam durch die Schulzeit gegangen sind, aber ich hab irgendwie nicht mehr dazu gehört. Auch wenn es wahrscheinlich nur mein

Denken war, das mich ausgeschlossen hat, so war es."
Sein Blick wirkte jetzt sehr traurig.

„Und dann hatten Sie nach etlichen Jahren endlich den Mut, sie anzusprechen. Das muss doch eine riesige Erleichterung für Sie gewesen sein? Besonders vor wenigen Tagen, als Sie tatsächlich auch Ihre Identität preisgaben." Ich versuchte, den Bogen zu unserem Fall wieder herzustellen.

„Ja, tatsächlich hat es mich etwas beflügelt, als ich ihr schrieb, mit wem sie es eigentlich zu tun hat. Das war sehr befreiend, aber die Freude blieb mir ja nicht lange erhalten", spielte er auf das Geschehen von gestern Abend an.

„Jetzt untertreiben Sie aber. Es muss für Sie ein überwältigendes Gefühl gewesen sein, endlich ein jahrelang gehütetes und belastendes Geheimnis nicht mehr herumtragen zu müssen, oder irre ich mich? Natürlich stehen Sie jetzt unter dem Eindruck dieses schrecklichen Ereignisses von gestern, aber denken Sie doch nochmals an dieses Gefühl, Ihre Angst endlich überwunden und sich offenbart zu haben!" Ich versuchte, ihm klarzumachen, wie wohltuend es war, wenn man die Wahrheit, besonders wenn sie belastend war, nicht für sich behielt.

Er dachte nochmal darüber nach und sogar ein Lächeln wanderte dabei über sein Gesicht. „Stimmt, es war wirklich ein überwältigendes Gefühl, es ging mir an dem Abend richtig gut und ich verspürte einen Hauch von Leichtigkeit, den ich lange nicht mehr gespürt hatte."

„Und zwar nicht nur, weil Sie endlich ausgepackt hatten, sondern auch weil Sie endlich Gewissheit hatten. Sie hatten zwar geahnt, dass es zwischen Ihnen und Hannah nie zu einer Beziehung kommen würde, aber wie Sie es in Ihrem Gedicht ja ausgedrückt haben, der Traum kam nie zur Ruhe, weil Sie es einfach nicht hundertprozentig wussten, oder? Es hätte ja sein können, sie reagiert wundersamerweise doch mit Gefühlen für Sie", ergänzte ich.

Er nickte und schaute mich mit aufmerksamen Augen an.

Ich fuhr fort: „Es tut gut, sich von seiner Last zu befreien, und es tut gut, wenn man Gewissheit hat. Irgendjemand trägt im Moment das Geheimnis mit sich herum, Hannah Klamm getötet zu haben, und andererseits gibt es die Familie, den Freund, Freunde von Hannah, die keine Gewissheit haben, was gestern spät am Abend eigentlich passiert ist." Eindringlich schaute ich ihm in die Augen. „Benjamin, helfen Sie uns, sagen Sie die Wahrheit, behalten Sie nichts für sich, das Sie sonst unnötigerweise jahrelang belasten wird. Wenn Sie für Gewissheit bezüglich der Tat sorgen können, dann tun Sie es. Jetzt!"

Der Anwalt sprach Michels natürlich sofort darauf an, dass er dieser Aufforderung nicht nachkommen müsse, aber sein Mandant winkte sofort ab.

„Ich kann nichts anderes zur Tat sagen, als das, was ich schon gesagt habe. Denn so war es. Ich habe Hannah nichts getan, ich hätte ihr niemals etwas tun können. Das müssen Sie mir glauben", war seine schlichte Antwort, die etwas kraftlos, aber ehrlich klang.

„Okay", erwiderte ich nickend. Ich war mir nicht sicher, ob ich emotional genug an die Sache herangegangen war. Hätte ich noch direkter, noch offener auf seine Wunden, seine Enttäuschungen, sein Leiden eingehen sollen, bevor ich an seine Moral appellierte? Wie auch immer, dafür war es jetzt zu spät. Ich persönlich schloss mit dem Gesagten eine Handlung im Affekt in jedem Fall aus. Wäre es so gewesen, würde es ihm zu sehr leidtun und die Angst davor, es ewig als Geheimnis mit sich herumzuschleppen, hätte ihn mit Sicherheit veranlasst, auszupacken und die Wahrheit auf den Tisch zu legen.

Nach einer kurzen Gedankenpause stellte ich die nächste Frage: „Was genau hat Sie dazu motiviert, sich mit ihr zu treffen? Was haben Sie sich davon versprochen?"

„Ich weiß nicht. Ich wollte nicht schon wieder einen Fehler machen und in einiger Zeit feststellen, dass doch noch etwas fehlt. Als sie mir geschrieben hat, dass sie den Kontakt abbrechen will, wenn ich nicht sage, wer ich bin, hab ich mir eben überlegt, ob ich es ihr sagen soll und ob es mir wirklich auch helfen würde. Zum tausendsten Mal etwa. Und irgendwann kam ich zu dem Entschluss, wenn schon, dann dieses Mal richtig. Also hab ich gleich auch vorsichtig nach einem Treffen gefragt", erklärte er uns.

„Und was haben Sie gedacht, wie sie reagiert, wenn sie sich treffen? Oder was haben Sie sich davon erhofft?" hakte ich nach.

Seine Mimik und sein Kopfschütteln ließen darauf schließen, dass er nicht wirklich wusste, was er dazu sagen sollte. Er brauchte erneut einen Moment, um sich seine Antwort zurechtzulegen oder um sie überhaupt zu finden.

„Ich weiß nicht, ich hab mir vielleicht schon gewünscht, dass sie sich ein wenig freut, mir zu begegnen." Er zuckte mit den Schultern. „Vielleicht hab ich gehofft, dass sie sagt, sie hätte mich damals auch nett gefunden." Sein Blick wanderte zwischendurch suchend durch die Gegend. „Aber ich weiß nicht, ob mir das geholfen hätte, denn dann würde ich mich wahrscheinlich noch viel mehr ärgern, dass ich nicht in der Lage war, sie anzusprechen. Von daher, ich glaube, ich hatte einfach die Hoffnung, dass ich durch die Begegnung mit ihr dieses Gespinst in meinem Hirn endlich vertreiben konnte und dass ich etwas Selbstvertrauen oder Selbstwert gewinne, weil ich endlich mal einer meiner großen Lieben gegenüberstehe und wirklich mit ihr rede. Das Gefühl, wahrgenommen zu werden, zu existieren, vielleicht hatte ich mir das versprochen."

„Und wie war es dann?" fragte ich spontan.

Er schaute mich fragend an, als ob er nicht verstand, was ich meinte. Ich ärgerte mich sofort darüber, dass ich mich zu dieser Frage, zu diesem billigen Trick hatte hinreißen lassen, denn sollte er tatsächlich nur ein dreistes Spiel mit uns spielen, dann wollte ich ihn eigentlich in Sicherheit wiegen, anstatt seine Geschichte übermäßig anzuzweifeln.

Ich lenkte gleich wieder ab: „Wussten Sie, dass sie einen Freund hatte und dass sie längst nicht mehr in Wildberg wohnte?"

„Dass sie heute noch einen Freund hatte, wusste ich nicht sicher. Aber ich bin schon davon ausgegangen, da sie mir vor zwei Jahren schrieb, sie wäre in einer Beziehung. Und eine Frau wie sie ohne Freund?" Seine Augenbrauen wanderten nach oben, während sich für einen Moment der Ansatz eines Grinsens zeigte. „Dass sie nicht in Wildberg wohnte, ahnte ich ebenso, weil ich von ihrem Job in Mannheim wusste."

„Woher?" fragte ich direkt.

„Aus dem Internet. Ganz einfach. Ich hab ihren Namen in einer Suchmaschine eingegeben und wusste keine fünf Minuten später, wo sie arbeitet", sagte er wieder schulterzuckend, als wäre es das Selbstverständlichste auf der Welt.

Wahrscheinlich war es das auch, dachte ich nur. Ungewöhnlich war eher, wie vorsichtig und argwöhnisch ich selbst den Umgang mit dem Internet pflegte. Ich war dort so selten wie nur möglich, es war einfach nicht mein Zuhause.

8

Meiner Meinung nach war nun jedenfalls der Zeitpunkt gekommen, der Vernehmung einen anderen Charakter zu verleihen. So drehte ich mich kurz zu Jens, warf ihm einen Blick zu, woraufhin er das Zepter übernahm.

„Seit über zehn Jahren denken Sie nun an Hannah Klamm", sagte er und Michels nickte bestätigend, „und jetzt haben Sie wirklich geglaubt, Sie könnten diese Sache mit einem einzigen Treffen aus der Welt schaffen?"

Benjamin schaute irritiert und suchte eine Antwort, aber Jens ließ ihm dafür keine Zeit. „Es gab noch andere Liebesgeschichten, andere Träumereien in diesen letzten zehn Jahren, richtig?"

Michels erwiderte den fragenden Blick meines Kollegen mit einem zögerlichen und fragenden *Ja*.

„Und wie sind Sie damit umgegangen? Haben Sie Ihre Gefühle offenbart? Haben Sie sich zu erkennen gegeben? Haben Sie dabei nicht genug Chancen gehabt, sich Selbstwert zu erarbeiten?" Jens holte kurz Luft. „Ich verstehe nur einfach nicht, warum Sie wieder auf Hannah Klamm zugehen mussten, spätestens vor zwei Jahren war doch klar, dass definitiv nichts daraus wird. Auch wenn sie nicht wusste, mit wem sie es zu tun hatte, ist doch logisch, dass sie nichts mit jemandem anfangen würde, der am Anfang so zögerlich und ängstlich auf sie zugeht, oder nicht? Also warum wollten Sie sich nochmals mit ihr treffen?"

„Aber …", Benjamin wirkte verwirrt und stockte, „… ich hab das doch schon …" Unsicher schaute er zuerst Jens, dann mich kurz an.

Dann sprang der Anwalt ein. „Sie haben die Antwort darauf doch schon gehört, also fragen Sie etwas anderes oder wir machen am besten Schluss. Das führt doch ohnehin alles zu nichts."

Jens ignorierte ihn und setzte nach: „Wie war das mit den anderen Frauen? Wen gab es da? Wie sind Sie da an die Sache jeweils herangegangen?"

Es schien Benjamin weiter schleierhaft, in welche Richtung sich die Vernehmung jetzt entwickeln würde, aber nach einem kurzen Blick zu seinem genervt schauenden Rechtsberater antwortete er: „Es gab da ein paar Frauen, in die ich mich irgendwie verliebt hatte. Oder besser gesagt, die mich aus irgendeinem Grund in ihren Bann gezogen haben. Aber meistens war es so, dass es sich bald wieder gelegt hat, auch ohne dass ich überhaupt etwas gemacht hätte. Nur bei einer war es etwas ernster. Da hab ich auch per Mail anonym Kontakt aufgenommen und nach einiger Zeit, als klar war, dass nichts daraus wird, meine Tarnung aufgegeben. Eben um es abzuschließen und nichts offenzulassen, worüber ich mir Gedanken machen könnte."

„Und es hat Sie nicht wütend gemacht?" fragte Jens.

„Wütend auf wen?" wollte Benjamin wissen.

„Na auf Hannah Klamm, sie steht doch sinnbildlich dafür, dass Sie in Sachen Frauen nicht Fuß fassen können. Sie steht doch für unendlich viele Enttäuschungen, für den unerfüllten Wunsch nach Beziehung. Wenn sie nicht gewesen wäre, dann wäre doch heute alles ganz anders, oder nicht?" Jens' Stimme wurde etwas härter. „Sie mussten sie doch geradezu hassen für das, was sie Ihnen in den letzten zehn Jahren angetan hat. So resigniert und mutlos, wie Sie sich in Ihren Tagebüchern beschreiben, braucht es doch jemand, den man dafür verantwortlich machen kann. Einen Sündenbock. Wer würde sich da besser eignen als Hannah Klamm? Sie wollte Ihnen jetzt vor kurzem ja nicht mal mehr helfen, wollte den Kontakt abbrechen. Es kann doch gar nicht anders gewesen sein, als dass Sie sauer auf sie waren, oder nicht? War das nicht viel mehr der Grund dafür, dass Sie sich mit ihr treffen wollten? Dass Sie ihr endlich mal die Meinung sagen konnten?" Ernst schaute Jens dem jungen Mann in die Augen. „Das zumindest könnte ich verstehen, das könnte ich einigermaßen nachvollziehen."

Zwei- oder dreimal hatte Benjamin zwischendurch angesetzt, um etwas einzuwerfen, aber Jens hatte ihn jedes Mal abgewürgt, wollte diesen Gedanken scheinbar zu Ende bringen.

Nun schaute Michels vor sich unter den Tisch auf den Boden, die Hände ineinander gedrückt und schüttelte nur ungläubig den Kopf. „Das ist doch nicht wahr, das ist doch Quatsch", sagte er dann unruhig. „So bin ich nicht. Hannah kann doch gar nichts dafür, dass ich mein Leben nicht auf die Reihe kriege." Er wurde dabei etwas lauter.

„Ach hören Sie doch auf", zog Jens Michels' Aufmerksamkeit weiter auf sich. „Ich kann Ihr Gerede, wie schlecht es Ihnen geht, so langsam nicht mehr hören. Die ganzen Mails von Ihrer Suche nach sich selbst, die Hoffnungslosigkeit, die sich in Ihren Tagebucheinträgen zeigt. Wenn Sie mich fragen, dann ist das der wirkliche Quatsch hier!"

Jens war nun endgültig drauf und dran, sich in Rage zu reden und ich war doch etwas überrascht, wie gut es ihm gelang, seine Rolle des bösen Bullen zu spielen. Auch Michels schien überrascht, seine Miene verfinsterte sich zusehends, und dem Anwalt war deutlich anzumerken, wie er sich seinen Einspruch zurechtlegte, um meinem Kollegen demnächst ins Wort zu fallen.

„Schauen Sie sich doch mal an! Wem wollen Sie glaubhaft vormachen, dass Sie bei Frauen so schlechte Karten haben? Sie leben in einer kleinen Villa, haben beste Aussichten irgendwann mal dick in die Firma Ihres Vaters einzusteigen, Sie sind weder dumm noch hässlich, also wo soll da das Problem sein?" setzte Jens seine Anklage fort und überzog es für meinen Geschmack fast schon ein wenig. „Viele andere würden Sie für Ihre Situation und die Umstände, in denen Sie leben, beneiden. Und Sie? Sie jammern uns hier die ganze Zeit etwas vor! Wissen Sie, was ich glaube? Ich glaube, dass Ihr einziges Problem ist, dass Sie bei Hannah Klamm nicht landen konnten, und das haben Sie nicht verkraftet. Sie hatten alles, aber an Hannah sind Sie nicht heran gekommen, denn sie hat es nicht zugelassen, und das hat Sie so aus der Fassung gebracht, dass Sie rasend wurden vor Wut."

Michels' Augen wurden immer größer und sein Anwalt hatte nun genug, kam aber gar nicht zu Wort, denn Jens setzte noch eins drauf: „Sie sind es doch gewohnt, alles zu bekommen, oder nicht? Und das einzige, woran Sie leiden, ist, dass Sie Hannah nicht bekamen. Das haben Sie gehasst. Und dafür haben Sie Hannah gehasst. Und wenn Sie sie nicht bekamen, dann sollte sie keiner haben! Ist es nicht so?"

Das Ende seiner Wutrede hatte er mit einem festen Hieb der flachen Hand auf den Tisch gekrönt und damit alle noch ein wenig mehr erschreckt. Michels saß scheinbar sprachlos, fast fassungslos auf seinem Platz, innerlich aber begann er zu kochen, sein leerer Blick wanderte umher.

Der erboste Anwalt ergriff nun als Erstes das Wort. „Sie wissen, dass Sie hier haltlose Vorwürfe machen, die Sie kein bisschen weiterbringen werden. Und wenn …"

Michels ignorierte das Gerede seines Anwalts jedoch und fiel ihm, mit feurigem Blick Jens zugewandt, ins Wort. „Ach, Sie haben doch gar keine Ahnung! Sie glauben wohl, Sie wissen alles? Sie meinen, Sie sehen einen Menschen und die Umstände, in denen er lebt, und dann kennen Sie ihn? Sie haben nicht die geringste Ahnung, was in meinem Kopf vorgeht." Er atmete tief ein. „Sie sollten vielleicht zunächst mal damit aufhören, von sich auf andere zu schließen. Nur weil Sie die Welt vielleicht rosarot erleben, muss das nicht für jeden anderen auch gelten."

Jens ließ Michels' Ausbruch aufmerksam und scheinbar ehrfürchtig über sich ergehen, sicherlich mit etwas Stolz darüber, dass er den Jungen dahin gebracht hatte, wo wir ihn im Verlauf der Vernehmung auch haben wollten: an den Punkt, an dem er sich ungehemmt, unüberlegt und schonungslos offen äußern würde. An diesem Punkt war kein Platz für Lügen, hier kam die Wahrheit auf den Tisch.

„Sicher sieht es so aus, als habe ich in meinem Leben alles bekommen, was ich wollte. Natürlich sind die Umstände, in denen ich lebe, unheimlich gut. Glauben Sie mir, ich weiß das am allerbesten und ich wünschte mir, ich wüsste es noch besser zu schätzen. Aber wenn Sie wirklich glauben, daraus würde automatisch folgen, dass es einem Menschen gut geht, dann tun Sie mir fast noch mehr leid als ich mir selbst. Und wenn Sie dann noch meinen, dass jemand, der alles zu haben scheint, zwingenderweise meint, es könne und dürfe nichts geben, das ihm verweigert wird, dann weiß ich auch nicht, was bei Ihnen schiefgelaufen ist."

Er schüttelte wieder einmal den Kopf und fuhr energisch fort. „Ich erkläre Ihnen, warum die Theorie, die Sie gerade aufgestellt haben, kompletter Schwachsinn ist. Sie gehen davon aus, dass ich alles habe, dass ich es gewohnt bin, alles zu bekommen. Was Sie aber nicht begriffen haben, ist, dass es schlicht und ergreifend so nicht ist. Sie können nicht einfach grundsätzlich aus dem Äußeren auf das Innere schließen. Ich lebe in Umständen, die so viele Möglichkeiten bieten, und zwar nicht nur hinsichtlich der materiellen Dinge, sondern auch was mich persönlich betrifft. Beste Entwicklungs- und Entfaltungsmöglichkeiten, ich kann mir alles leisten, kann alles ausprobieren, sehe mein eigenes Potenzial, meine Gaben, aber das Schlimme ist, und das begreifen Sie nicht, ich lebe in dem Gefühl, als hätte ich auf all das keinen Zugriff. Ich kann die Dinge sehen, sie sind da, sie gehören mir zum Teil sogar, und doch habe ich sie nicht. Das ist mein Problem und Sie haben keine Ahnung, wie sehr mir das zu schaffen macht. Zu wissen, dass ich alles habe und doch nichts. Zu wissen, dass kaum jemand das verstehen kann und will, weil dieses Gefühl kaum jemand nachvollziehen kann."

Er wurde wieder ruhiger. „Die Sache mit Hannah war also bei Weitem nicht die einzige, die mir verweigert blieb, und wenn Sie meine Geschichte auf meinem Computer gelesen und mir vorhin zugehört haben, dann wissen Sie, dass es nicht Hannahs Schuld war, dass ich sie zehn Jahre lang nicht angesprochen habe. Warum sollte ich sie dafür zur Verantwortung ziehen? Ich hab sie angesprochen, weil ich darin einen Ansatz gesehen hab, mich zu ändern, hab sie angesprochen, weil ich Zugriff auf meine Möglichkeiten wollte, weil ich nicht ewig zusehen will, wie mir mein Leben davon läuft. Ich hab gehofft, dass hier vielleicht der Schlüssel verborgen liegt, weil die Geschichte mit ihr einfach eine der ersten war, in denen ich nicht mehr aus mir herauskonnte. Ich hab so lange nach einem Weg gesucht, mich aus meiner Situation zu befreien, dass ich auch die irrsinnigsten Varianten in Betracht gezogen hab. Und bei Hannah ging es mir nun größtenteils darum, endlich mal aus mir herauszugehen, meine Verhaltensmuster zu ändern, und damit auch endlich einen Haken an eine Geschichte machen zu können, die mich lange genug gequält hat. Ich hab mir im Geheimsten dabei vielleicht ein klein wenig Aufmerksamkeit ihrerseits erhofft, aber erwartet hab ich von ihr gar nichts. Mit welchem Recht hätte ich etwas erwarten sollen?" Er schwieg einen Moment. „Ich habe ihr kein Haar gekrümmt und hätte es nie gekonnt. Stattdessen kam ich zu spät, um ihr zu helfen, das wird mich von heute an begleiten. Und noch schlimmer ist, dass ich dafür verantwortlich bin, dass sie überhaupt in diese Situation kam. Sie brauchen mir keine Vorwürfe, kein schlechtes Gewissen zu machen, für etwas, das ich nicht getan habe, die Vorwürfe, die ich mir mache für das, wofür ich wirklich verantwortlich bin, die sind bereits größer als die, die Sie mir je machen könnten."

Jens und ich tauschten einen Blick aus und es war klar, dass ich nun wieder an der Reihe war. Ich ließ zunächst wieder einen Moment der Stille verstreichen, den dann aber Benjamin mit einem Nachwort durchbrach.

„Wissen Sie, wenn ich sie getötet hätte, dann wüsste ich wenigstens den Grund, warum ich schuldig bin, warum ich angeklagt werde, warum ich mich selbst nicht leiden mag, aber so wie es ist, bleibt mir nur wieder die Frage: Warum? Warum geht alles schief, was ich anpacke? Ich wollte doch nicht, dass das passiert, mein Antrieb war doch eigentlich ein guter. Ich hatte doch nichts Böses im Sinn. Nein, ich hab mich endlich wieder aufgerafft und wollte etwas in meinem Leben zum Positiven wenden. Und dann? In was für einer Situation lande ich? Ich verstehe das nicht", sagte er und senkte sein Haupt.

Ich schaute ihn an und nach einem kurzen Moment sagte ich nur: „Wir haben einen Zeugen."

Die Mimik des Anwalts drückte nun ein sehr irritiertes Erstaunen aus. Ich vernahm seinen fragenden Blick aus den Augenwinkeln. Auch Benjamin Michels schaute etwas überrascht wieder auf und mir in die Augen. Dann schüttelte er voller Unverständnis den Kopf.

„Aber", begann Benjamin zögerlich, „warum dann diese Vorwürfe? Dann wissen Sie doch, was passiert ist, was wollen Sie dann noch von mir?" Irritiert schaute er mich an, wechselte dann zu Jens.

„Er hat nur aus der Ferne den Kampf wahrgenommen und ist dann gegangen, um die Polizei zu rufen. Leider hat er weder gesehen, wie die Täter aussahen, noch, wie viele es waren", antwortete ich.

Seine Reaktion, um die es mir bei meinem Einwurf einzig gegangen war, war in keinster Weise eine besorgte, die irgendwie einen Hinweis darauf gab, dass er etwas zu verbergen hätte. Passte das noch in die Vorstellung eines Spieles, bei dem er uns lediglich etwas vormachte? Konnte er sich so sehr im Klaren darüber sein, dass es keinen Zeugen gab, der etwas Eindeutiges gesehen haben konnte, um dermaßen überzeugend zu reagieren? Klar, wenn er eins und eins zusammenzählen konnte, musste er folgern können, dass wir bei einer vorliegenden belastenden Zeugenaussage ganz andere Vorwürfe gegen ihn vorgebracht hätten. Andererseits kam mir auch in den Sinn, dass es völlig idiotisch wäre, er würde uns von zwei Tätern erzählen, wenn er uns alles in allem eine glaubwürdige und sichere Lügengeschichte auftischen wollte, die auch dagegen gefeit war, dass es vielleicht einen entfernten Beobachter des Kampfes gab. Entweder war er extremst clever oder er war es einfach nicht gewesen.

Ich entschloss mich, das Thema wieder zu wechseln. „Sie haben gesagt, dass es so viele Dinge in Ihrem Leben gibt, auf die Sie keinen Zugriff haben und dass Sie schon lange nach einem Weg suchen, da irgendwie herauszukommen. Ist Ihnen dabei wirklich nie etwas Besseres in den Sinn gekommen als die Sache mit Hannah?" fragte ich. „Konnte Ihre Familie Ihnen nicht helfen? Haben Sie nicht irgendwann in Ihrer Ausbildung auch Erfolgserlebnisse verspürt, die es Ihnen leichter gemacht hätten? Oder haben Sie nie daran gedacht, Ihren Fähigkeiten, Ihren Gaben, von denen Sie wussten, dass sie da sind, nachzugehen und ihnen Raum zu geben? Was ist mit einem Psychologen? Schon mal daran gedacht, sich auf diese Weise Hilfe zu holen?"

„Daran gedacht schon, aber wie hätte ich das erklären sollen, dass ich ernsthaft einen Psychologen brauche? Gerade meinen Eltern. Meinem Vater konnte ich es ohnehin schon nie recht machen, das war schwer genug. Er sagte mir auch immer, dass ich doch alles habe und endlich etwas daraus machen solle. Wie sollte er verstehen, dass ich es einfach nicht kann, dass mir der Zugriff fehlt?" antwortete er. „Und es ist leider auch so, dass ich eben immer versucht habe, alles für mich alleine zu regeln. Ich hab über meine Probleme nie mit jemandem gesprochen. Erst Hannah hab ich von einigem geschrieben. Die ganze Geschichte, die ich aufgeschrieben hab, da dachte ich auch, dass ich die irgendwann meinen Freunden zu lesen gebe, um mich zu öffnen, um endlich mal etwas herauszulassen, aber diese Geschichte war einfach noch nicht fertig."

„Und es gab für Sie nie Erfolgserlebnisse, die Sie aufgebaut hätten?" hakte ich nach.

„Die gab es schon, nicht nur in der Ausbildung, auch im Fußball zum Beispiel. Ich kann ja manches doch ganz gut, das weiß ich, und das hat man mir auch gesagt, aber erreicht hat es mich nie wirklich. Gute Fußballspiele haben mir nichts bedeutet, stattdessen hat mir der Druck zu schaffen gemacht, nächstes Mal auch wieder gut sein zu müssen. Und den hab ich mir aus unerfindlichen Gründen im Wesentlichen selbst gemacht. Deswegen hab ich auch schon bald wieder mit Fußball aufgehört. Es hat einfach alles nichts gebracht", sagte er und ließ wieder einen Moment Stille einkehren. „Glauben Sie an Gott?" fragte er mich dann.

Unentschlossen neigte ich den Kopf etwas zur Seite.

„Sie sind sich nicht sicher? Dann geht es Ihnen wie mir. Hier stellt sich für mich dasselbe Problem wie in vielem: Es fehlt mir der Zugriff. Es ist immer die Rede davon, dass Gott die Menschen lieben würde und man hört von Christen, wie er in ihrem Leben wirkt, was er ihnen alles schenkt, wie ihre Gebete erhört werden und es ihnen gut geht. Und dann frag ich mich, wieso ist das bei mir nicht so? Ich hab auch schon gebetet, hab auch schon Phasen gehabt, in denen ich Gott intensiv gesucht hab, aber so richtig gefunden hab ich ihn nicht und dann hab ich mir irgendwann die Frage gestellt: Was nützt dem Kind die Liebe seines Vaters, wenn es sie nicht zu spüren bekommt?" Er schaute mir in die Augen. „Die Liebe mag da sein, aber wird ein solches Kind seinen Vater nicht viel mehr als lieblos wahrnehmen und unter der Situation leiden? Kein Zugriff, also was hilft es? Im Gegenteil, wäre es nicht vielleicht sogar besser, es gäbe da gar nichts, auf das man keinen Zugriff hat? In etwa nach dem Motto: Was ich nicht weiß, macht mich nicht heiß? Viel schlimmer aber ist es doch, wenn ich etwas Schönes die ganze Zeit vor der Nase hab, aber nicht weiß, ob ich jemals auch herankomme. Und noch schlimmer, wenn ich weiß, dass es sogar für mich bestimmt ist, mir der Zugriff aber verweigert bleibt." Kopfschüttelnd hielt er einen Augenblick inne. „Und so geht es mir, nicht nur mit Gott, sondern mit meinem ganzen Leben, mit allem, was offensichtlich für mich bestimmt ist, weil es mein Umfeld darstellt, weil es die Umstände sind, in denen ich lebe: Ich habe das Gefühl, als hätte ich keinen Zugriff darauf. Und was ich auch versuche, es funktioniert nicht."

Interessiert hatten wir ihm alle zugehört. Ich konnte seine Argumentation, seine Beschreibung seiner Lage schon ganz gut nachvollziehen, dachte ich, aber wirklich verstehen, was in ihm vorging, das schien mir fast unmöglich. Dass wir in unserem Fall durch seine Aussage nicht wirklich weiterkamen, lag auf der Hand und ich hatte nicht den Eindruck, als würde es Sinn machen, noch tiefer in seine Gedankenwelt einzutauchen.

„Warum wollten Sie sich mit ihr gerade da draußen am Grillplatz treffen? Warum nicht an einem belebteren Ort?" fragte ich nun wieder nach Fakten zum Fall.

„Weil ich nicht wollte, dass jemand von dem Treffen etwas mitbekam. Dafür fehlt mir das Selbstbewusstsein. Ich hab mich einfach geschämt für mich und diese ganze Geschichte und wollte sie ohne Aufmerksamkeit zu erregen zum Abschluss bringen. Deshalb da draußen", erklärte er nüchtern.

„Wo Hannah vorher war, wissen Sie nicht?" fragte ich.

Er schüttelte den Kopf, gab dann aber noch ein klares *Nein* von sich und ergänzte: „Sie schrieb nur, dass sie sich mit jemandem verabredet hatte, aber mehr nicht."

„Als Sie am Tatort ankamen, lag da die Tatwaffe noch bei Hannah irgendwo? Haben Sie sie weggeworfen?" wollte ich wissen.

Er schaute kurz etwas irritiert, antwortete dann aber: „Ich habe keine Waffe gesehen. Sagten Sie nicht, die lag in der Wiese?"

„Richtig, und im Moment wird sie noch auf Fingerabdrücke und weitere Spuren untersucht", log ich teilweise, wohl wissend, dass es zumindest von Fingerabdrücken keine Spur gab. Ich konnte aber auch damit keinerlei auffällige Regung bei ihm erzeugen. „Den vollständigen Bericht der KTU bezüglich aller Untersuchungen auf Spuren werden wir wahrscheinlich erst morgen erhalten", schob ich ergänzend nach, was er ebenfalls lediglich mit einem interessierten Nicken quittierte.

Nachdem ich Jens einen fragenden Blick zugeworfen und seine Zustimmung vernommen hatte, sagte ich Benjamin Michels und seinem Anwalt, dass es das für den Moment gewesen sei, bat die beiden jedoch, noch einen Augenblick zu warten. Jens und ich gingen derweil in den Nebenraum, wo unser Chef und der Psychologe uns erwarteten.

Die Einschätzung des Psychologen, die er uns im folgenden Gespräch eröffnete, entsprach im Grunde meiner eigenen. Nichts schien seines Erachtens darauf hinzudeuten, dass Benjamin Michels uns etwas vorspielte oder verheimlichte, weder seine Körperhaltung noch seine Reaktion auf Verdächtigungen und Provokationen. Sicherlich sei eine massive depressive Erkrankung zu vermuten, die der Therapie bedurfte, die aber hinsichtlich des Ermittlungsverfahrens höchstwahrscheinlich keine Rolle spiele, da er alles in allem schlicht und ergreifend nicht ins Täterprofil passen würde. Sollte er tatsächlich aufgrund anhaltender Frustration irgendwann in aggressive Verhaltensmuster verfallen, dann sei davon auszugehen, dass er diese eher gegen sich selbst richten würde als gegen irgendjemand anderen. Um zu dieser Einschätzung zu kommen, sei die gesehene und gehörte Vernehmung für ihn ausreichend, da die Ausprägung der Depression geradezu offenkundig sei. Er müsse also nicht unbedingt persönlich mit dem Verdächtigen sprechen, um dies abzusichern, es sei denn, wir würden es wünschen. Wir einigten uns darauf, dass dies, wenn nötig, auch noch zu einem späteren Zeitpunkt geschehen konnte und beließen es dabei.

Wir brauchten nach dieser Einschätzung nur wenige Sätze, um uns darauf abzustimmen, dass wir Benjamin Michels aufgrund fehlender Beweise für einen hinreichenden Tatverdacht unverzüglich aus dem Gewahrsam entlassen würden; was Jens ihm und seinem Anwalt, verbunden mit dem Hinweis, sich bitte zu unserer Verfügung zu halten, kurz darauf auch mitteilte. Unser Chef hielt es dabei, ganz seiner Art entsprechend, gar nicht für nötig, sich großartig zu einem klaren Sachverhalt zu äußern, er hatte seine Zustimmung direkt gegeben.

Dem Psychologen war es recht, so machte es zumindest den Eindruck, dass er offensichtlich nicht weiter gebraucht wurde. Wahrscheinlich war er ein vielbeschäftigter und gefragter Mann. Nachdem wir uns von ihm unter der Vereinbarung, dass wir uns bei weiterem Bedarf oder bei Fragen melden würden, verabschiedet hatten, wollte unser Chef dann lediglich noch wissen, was wir angesichts dieser Sachlage nun zu tun gedachten. Wir waren relativ schnell fertig, ihn darüber aufzuklären.

Auf dem folgenden Weg zurück zu meinem Büro, wo Jens und ich die nächsten Schritte planen und in Angriff nehmen wollten, trennten wir uns dann auch von unserem Chef. Zum einen wies dieser uns abschließend noch darauf hin, dass er natürlich auf dem Laufenden bleiben wolle, zum anderen ließ er uns aber auch wis-

sen, dass der Fall seines Erachtens bei uns in guten
Händen sei und er sich keine Sorgen mache; wir würden das Kind schon schaukeln.

9

Als am Samstagmorgen mein Wecker klingelte, war ich, anders als am Tag zuvor, einigermaßen ausgeschlafen. Ich stellte ihn ab und schaute kurz auf mein Handy, ob ich etwas verpasst hatte, was nicht der Fall war. Dann drehte ich mich wieder auf den Rücken, entspannte mich und schaute an die raufasertapezierte und weiß gestrichene Decke meines Schlafzimmers. Ich fühlte mich gut, auch wenn meine Gedanken bereits wieder um die scheinbar aussichtslose Lage unseres Falles kreisten. Ich fragte mich, warum es mich nicht aufregte, dass der gestrige Abend keine hilfreichen Erkenntnisse brachte. Ob ich einfach nur erleichtert war, dass Benjamin Michels als Täter offensichtlich ausschied? War ich froh darüber, dass mein Gefühl mich nicht betrogen hatte? Oder welche Sympathien hegte ich für ihn? Meine Gedanken kreisten um mich und die Sachlage und wandten sich von Michels ab. Warum beschäftigte es mich nicht deutlich intensiver, dass die wahren Täter scheinbar noch frei herumliefen und es für die Angehörigen der Opfer noch keine Gewissheit bezüglich der wahren Ereignisse gab? Sollte es mir über die Jahre tatsächlich weniger wichtig geworden sein, für Gerechtigkeit zu sorgen? Ich konnte mir das eigentlich nicht vorstellen. Die Augenbrauen hochgezogen schüttelte ich den Kopf über diese unnützen Gedankenspiele, verdrängte sie und stand auf, schließlich war es schon nach halb acht.

Nach einer kurzen Dusche setzte ich mich mit einer Tasse Kaffee, frisch aus dem Automaten, und der Zeitung an den Küchentisch, während der Toaster eine Brezel auftaute. Ich ignorierte jede Schlagzeile auf dem Titelblatt und suchte direkt im Lokalteil nach unserem Aufruf an die Bevölkerung, fand zunächst jedoch einen nicht von uns initiierten Bericht über das Ereignis. Die Überschrift: *Junge Frau umgebracht*. Und etwas kleiner darunter: *26-jährige in Wildberg erstochen / Hauptverdächtiger auf freiem Fuß*. Und wieder blieb mir nur ein Kopfschütteln. Jetzt fehlte nur noch, dass der Hauptverdächtige beim Namen genannt wurde. Das war nicht der Fall, er bekam einen Fantasienamen, wurde jedoch viel zu gut beschrieben: Alter, Herkunft und auch sein Aussehen. Und leider konnte man der Art und Weise wie davon geschrieben wurde, dass er am gestrigen Abend überraschend auf freien Fuß gesetzt wurde, viel leichter eine Empörung über diesen Umstand entnehmen, als den Hinweis, dass Derartiges eben dann geschieht, wenn sich ein Verdacht nicht erhärtet und die Fakten für die Unschuld sprechen. Familie Michels würde dies zu spüren bekommen, dachte ich mir. Vielleicht nicht unbedingt durch den Normalbürger, aber ganz sicher durch verschiedene Medien, die sich von solchen scheinbaren Skandalen unwiderstehlich angezogen fühlten.

Der kleine Artikel links daneben, dass die Polizei dringend jeden möglichen Hinweis zum Tathergang brauchte, und sei es nur eine Kleinigkeit, die im Umfeld des Tatorts in der Tatnacht eine eher ungewöhnliche Rolle spielte, drohte dabei fast etwas unterzugehen. Dort allerdings konnte man nachlesen, dass es nach aktuellem Stand der Ermittlungen weder einen Verdächtigen noch eine heiße Spur gab und man eben deshalb in besonderem Maße darauf angewiesen war, dass die Bevölkerung sich mit Informationen zur Tatnacht einbrachte.

Da wir zwar nicht mehr vom Täter Michels ausgehen durften und konnten, hätten wir unseren Aufruf im Grunde an seiner Version der Geschichte aufbauen und konkretere Vermutungen als Informationen veröffentlichen können, aber wir hatten uns bewusst entschieden, darauf zu verzichten. Zunächst wollten wir auf diese Weise schlicht die Wahrnehmung potenzieller Hinweisgeber nicht trüben. Wir wollten einfach nur jede mögliche Spur. Darüber hinaus wählten wir die Information, dass es uns an jeglichem Hinweis auf Tathergang und Täter fehlte, aus zwei weiteren Gründen. Zum einen, um der Notwendigkeit an Hinweisen seitens der Bevölkerung Nachdruck zu verleihen, und zum anderen, um die möglichen Täter in einer gewissen falschen Sicherheit zu wiegen. Wer wusste es schon, vielleicht würden ja überraschenderweise aus Leichtsinn noch entscheidende Fehler gemacht werden. Ich war jedenfalls gespannt, wie viel Arbeit der dafür eigens eingeteilte Telefondienst bekommen würde und ob tatsächlich etwas Brauchbares dabei wäre. Angesichts des bisherigen Verlaufs der Dinge hielt sich meine Hoffnung in Grenzen.

Ich aß die aufgetaute Brezel, überflog nebenher nun auch einige andere Artikel in verschiedenen Teilen der Zeitung und gönnte mir eine zweite Tasse Kaffee.

Ohne mir an diesem Samstagmorgen Stress zu machen, machte ich mich etwa um Viertel vor neun wieder auf den relativ kurzen Weg ins Kommissariat, Jens wollte gegen neun auch wieder da sein.

Ich schaute kurz beim Chef vorbei, der normalerweise an jedem Samstagvormittag im Kommissariat anzutreffen war, und berichtete ihm in aller Kürze, dass sich an unserer beinahe dramatischen Ahnungslosigkeit, die seit der Vernehmung herrschte, auch im weiteren Verlauf des gestrigen Abends nichts geändert hatte.

Unter anderem hatten wir uns da noch der Aufgabe angenommen, auszuschließen, dass die Täter aus des Opfers Umfeld stammten. Nicht, dass wir das Naheliegendste übersahen und womöglich gar die Verabredung Hannahs am Donnerstagabend etwas damit zu tun hatte. Mit der hörbar und später auch sichtbar geschockten Sabrina Maier hatten wir uns deshalb spontan per Telefon verabredet und waren aus diesem Grund sogar nochmals nach Wildberg gefahren.

Ihre Anschrift und Telefonnummer hatten wir von unserer guten Seele im Vorzimmer erhalten, die mir den Zettel bei der Rückkehr von der Vernehmung in die Hand gedrückt hatte. Sie hatte extra auf uns gewartet, bevor sie sich ins Wochenende verabschiedete, auch weil sie wissen wollte, ob es eine dringende Aufgabe gab, die sie uns abnehmen könnte. Im Notfall würde sie auch am Samstag einige Zeit opfern können, meinte sie. Ich hatte ihr für ihre Einsatzbereitschaft gedankt, sie nach Hause geschickt und ihr auf ihrem Weg zum Treppenhaus grinsend hinterhergeworfen, dass wir ihre Nummer hätten und uns melden würden, wenn wir es nicht mehr ohne sie aushielten. Sie quittierte es mit einem Augenzwinkern. Es war ihr glücklicherweise klar, dass wir ihre Arbeit sehr schätzten.

Das Gespräch mit Sabrina Maier brachte uns allerdings kein bisschen weiter, da Hannah Klamm ihr nichts von einer weiteren Verabredung erzählt hatte. Sie beide hätten sich in einem Café im knapp fünfzehn Autominuten entfernten Nagold lediglich über früher und heute sowie Gott und die Welt ausgetauscht. Hannah sei für sie immer eine gute Freundin gewesen, zu der sie zwar zuletzt wenig Kontakt hatte, aber mit der sie sich jederzeit und auch heute noch bestens verstand. Sabrina Maier konnte sich nicht vorstellen, dass ihr irgendjemand etwas Böses wollte, da Hannah eigentlich stets Wert darauf gelegt hätte, mit allen Menschen respektvoll umzugehen und auszukommen. Über Benjamin Michels, der zu Schulzeiten eine Klasse über ihr und Hannah gewesen sei, konnte sie genauso wenig Schlechtes sagen. Ein zurückhaltender, aber nie negativ auffallender Junge sei er damals gewesen, meinte sie.

In den letzten Jahren hätte sie ihn nur ganz selten zufällig und beiläufig gesehen, aber nie mit ihm geredet. Warum auch, dafür gäbe es keinen Grund, man kannte sich wie so viele ja nur vom Sehen, meinte sie.

Es war ganz offensichtlich, dass sie diese tragische Geschichte sehr mitnahm. Die eine oder andere Träne hatte sie sich im Verlauf der Unterhaltung verkniffen, aber so manch eine musste sie sich doch auch mit dem Taschentuch abwischen. So sehr sie jedenfalls darüber nachdachte, es fiel ihr am Verhalten von Hannah nichts Außergewöhnliches auf, nicht während ihres Gespräches und nicht bei der Verabschiedung kurz nach elf. Es sei auch nicht Hannah gewesen, die auf das Ende des Treffens gedrängt hatte, sondern sie, da sie am nächsten Tag früh raus und deshalb nach Hause musste. Wäre sie doch nur noch etwas geblieben, meinte sie und machte sich überflüssigerweise selbst Vorwürfe.

Ein zweites wichtiges Gespräch, das wir führen mussten, um mehr über Hannahs Lebensstil und Umfeld zu erfahren, hatten wir zum Teil noch vor uns und zum Teil nicht selbst in der Hand. Jens und ich hatten beschlossen, dass wir ihren Freund telefonisch erst befragen wollten, nachdem sich die Kollegen in Mannheim stellvertretend für uns persönlich mit ihm unterhalten hatten. Dies sollte heute Vormittag geschehen und wenn uns dann davon berichtet worden war, wollten wir das Telefongespräch mit ihm suchen, um noch offene Fragen klären zu können. Wir wollten auch an dieser Stelle möglichst genau herausfinden, in welchem

Umfeld sie sich alltäglich bewegte, da dabei eventuell ja Verhaltensweisen ans Licht kommen konnten, von denen ihre Eltern zum Beispiel gar nichts wussten. Wer konnte schon sagen, welchen Umgang sie in Mannheim pflegte, oder ob das Bild der Anbetung, das Michels in seinem Verhalten von ihr zeichnete, vielleicht gar nicht so perfekt und unschuldig war? Gut, nachdem wir nun mit Sabrina Maier geredet und weitere Eindrücke bezüglich Hannah gesammelt hatten, wurde diese Wahrscheinlichkeit noch kleiner als zuvor, aber wir hatten nun mal nichts in der Hand und mussten jeder Möglichkeit nachgehen.

Mein Chef folgte meinem kurzen, reduzierten und etwas frustrierenden Bericht aufmerksam und unterbrach mich nicht ein einziges Mal. Auch nicht als ich ihm erzählte, wie meine größte Hoffnung, einen Schritt weiter zu kommen, gestern Abend dann auch noch auf ein Minimum geschrumpft war.

Ich hatte mir sehr gewünscht, dass die Befragungen, die Klein und Kollegen im Umfeld des Tatorts durchführten, etwas ergeben würden, aber mit dem Besuch bei ihm auf der Wache, im Anschluss an das Treffen mit Hannahs Freundin, hatte sich das bis auf Weiteres erledigt. Die drei jungen Erwachsenen, die er in dem Bauwagen, der etwa einen Kilometer vom Tatort entfernt stand, am frühen Abend angetroffen hatte, waren sich ziemlich sicher, dass sich am Tag zuvor niemand dort aufgehalten hätte. Dass gegen halb eins niemand da war, wussten wir ja bereits, aber ihres Wissens hätte an dem Abend gar niemand vorgehabt, überhaupt zu irgendeiner Uhrzeit in den Bauwagen zu gehen. Dies deckte sich mit Michels' Aussage, der bereits vor elf entfernt dort vorbei gekommen war und nichts wahrgenommen hatte. Sie würden sich aber nochmals umhören. Alle anderen Lokale und Treffpunkte hatten, von den Stammgästen abgesehen, keine Gäste zu vermelden und ausnahmslos überall war spätestens gegen halb elf nichts mehr los. Dass die Bordsteine nicht hochgeklappt wurden, war das einzige, was mir da noch zu fehlen schien.

Klein hatte darüber hinaus auch noch Eigeninitiative gezeigt, mangelnden Einsatz konnte man ihm gewiss nicht vorwerfen. In beiden Nachbarorten Wildbergs jenseits des Tatorts hatte er sich umgehört, ob es Treffpunkte, Feste oder Veranstaltungen gab, deren Besucher möglicherweise aus Wildberg kamen, so dass der Heimweg zu Fuß eine Option war. Aber niemand hatte diesbezüglich einen Hinweis oder auch nur eine Idee.

Ich verließ meinen Chef bereits nach knappen zehn Minuten wieder und zog mich in mein Büro zurück, wo ich mir nochmals einige der beschlagnahmten Unterlagen von Michels auf den Schreibtisch legte. Von Rechts wegen mussten wir diese Dinge erst zurückgeben, sobald sie für das Verfahren nicht mehr benötigt wurden. Wenngleich wir Michels entlassen hatten, weil aktuell nichts gegen ihn sprach, musste das also nicht heißen, dass wir deshalb die Untersuchung der beschlagnahmten Dinge nicht abschließen durften. Aufgrund der Vernehmung und der Annahme von Michels' Unschuld würde es jetzt zwar eine eher untergeordnete Rolle spielen, aber insbesondere solange es keine anderen Spuren gab, sollte es auch nicht ganz in Vergessenheit geraten, dachten Jens und ich.

Doch ehe ich mich auf einen ordentlichen Stapel loser Blätter in einem Aktendeckel stürzen konnte, holten mich Überlegungen zur Vernehmung und zum anschließenden Austausch mit Jens ein. Ich lehnte mich wie so oft zurück und ließ den Gedanken relativ freien Lauf.

Benjamin Michels war eindeutig nicht dumm; eher im Gegenteil. Die Art, wie er seine Sätze formulierte, wie er sich ausdrücken konnte, und die Tatsache, wie reflektiert, überlegt und durchdacht seine Aussagen waren, zeugten offensichtlich von einer Intelligenz, für die ihn manch anderer wahrscheinlich beneidete. Nicht nur mir war das aufgefallen, auch Jens zeigte sich beeindruckt. Besonders bemerkenswert fand Jens dabei, wie bewusst sich Michels seiner eigenen Probleme war und mit welcher Ausdauer er sich scheinbar auf der Suche nach der Lösung befand, aber wie wenig er gleichfalls in der Lage war, auf diesem Weg Hilfe in Anspruch zu nehmen. Wir konnten es uns nicht vorstellen, dass ein Mensch wie Benjamin, aus einem Umfeld wie dem seinen, dermaßen das Vertrauen in Freunde und Familie beziehungsweise seinen Selbstwert, der ihm hätte klarmachen können, dass er für andere doch wichtig ist, verlieren konnte.

Mein Gefühl sagte mir von Beginn an ganz klar, dass er nicht der Täter sein konnte. Die Tatsache, dass es bislang keine Beweise für das Gegenteil gab, und auch die Vernehmung, die von allen Anwesenden als glaubwürdig eingeschätzt wurde, bestätigten diese Vermutung. Gewissheit war allerdings etwas anderes. Und so beschäftigten Jens und mich doch immer wieder diese Gedankenspiele um diesen scheinbar völlig irrsinnigen Tathergang.

Konnte es möglich sein, dass Michels zwar vielleicht jahrelang keine Aggressionen gegen Hannah Klamm hegte, weshalb sich davon in seinen Aufschrieben auch nichts zeigte, sich dies aber nun vor kurzem im E-Mail-Austausch geändert hatte? Konnte es tatsächlich sein, dass er daraufhin beschlossen hatte, zur Tat zu schreiten, um sich dann, wissend um den Mangel an Beweisen, mithilfe seiner nachweisbaren psychischen Probleme unter dem Mitleid aller Beteiligten straffrei aus der Affäre zu ziehen? Das waren Fragen, mit denen Jens und ich uns am Vorabend auch noch auseinandergesetzt hatten.

Benjamin wollte seine Verhaltensweisen ändern, deshalb sei er auf Hannah zugegangen. Hatte er mit dieser Aussage nicht vielleicht sogar indirekt offen seine Bereitschaft zum Ausdruck gebracht, endlich mal jemandem, und sei es mit Gewalt, seinen Standpunkt klarzumachen? Und war seine Geschichte von all den Dingen, auf die er keinen Zugriff hatte, und von alldem, was in seinem Leben schiefgelaufen war, damit nicht lediglich eine gute Grundlage, um Verständnis für die Ausrede zu erwerben, dass er auch dieses Mal einfach nur wie gewohnt zur falschen Zeit am falschen Ort gewesen sei und vom Unglück dorthin verfolgt wurde? Womöglich würde für ihn dann das Gefühl, dass er schon viel zu lange für einen unbedeutenden Fehler zu Schulzeiten gelitten hatte, bedeuten, dass er damit bereits selbst für diesen Mord ausreichend gebüßt hatte. Allerdings musste dann auch die Geschichte von dem Fehler, der ihm die Ächtung seiner Freunde brachte, im Wesentlichen eine Ausrede sein und seine Verletzung von etwas herrühren, das ihm Hannah angetan hatte, ohne dass sie sich dessen bewusst war. Und vermutlich auch ohne dass er sich dessen bewusst war, zumindest bis vor kurzem.

Plötzlich ging mir die Frage durch den Kopf, woher er eigentlich das Messer hätte haben können. Ich nahm mir vor, Jens nachher darauf hinzuweisen, den Computer auf entsprechende Online-Einkäufe zu durchforsten.

Genug der Gedanken, dachte ich mir und besann mich wieder. Ich öffnete den Aktendeckel und begann, die erste Seite flüchtig zu lesen. Die Blätter, die vor mir lagen, waren der Ausdruck von Michels' *Roman*. Ich hatte mir vorgenommen, immer mal wieder in Phasen des Leerlaufs kurz hineinzusehen. Und jetzt wollte ich damit die Zeit überbrücken, bis Jens im Büro eintraf.

Ich kam nicht sehr weit, war gerade mal auf der dritten Seite, ehe mein Kollege mit einem fast überschwänglich fröhlichen *Guten Morgen* im Raum stand, aber was ich gelesen hatte, war einigermaßen ergreifend. Benjamin beschrieb, wie ihn vor einigen Jahren eines Morgens durch einen Traum die Erinnerung an ein Mädchen einholte, bei dem es sich, davon ging ich aus, um Hannah Klamm handeln musste. Daraufhin begann er darzustellen, wie er einst im Schulbus in den Bann dieser jungen Frau gezogen wurde.

…

Meiner Meinung nach war sie das schönste Mädchen an der Schule, doch sie hatte definitiv noch mehr zu bieten als allein ihre Schönheit. Sie hatte das schönste Lächeln und sie hatte die schönsten Augen. Sie hatte eine Ausstrahlung, wie sie mir seither nur noch ganz selten begegnet ist, voller Wärme und voller Liebe. Sie war perfekt, sie war die Lösung aller Fragen. Ich konnte meinen Blick bald schon nicht mehr von ihr abwenden, sie wurde zum Inhalt meines Denkens und sie wurde zum Ziel einer tiefen Sehnsucht, die in mir lebte.

Wo die Möglichkeit bestand, ihr zu begegnen, sie zu sehen, da erhoffte ich sie mir. Wo ich sie in meiner Nähe vermutete, da suchte ich sie. Und wo ich sie gefunden hatte, da schaute ich sie an und brannte sie mir ins Gedächtnis ein, um Stunden, Tage oder in den Ferien gar Wochen ohne ihren Anblick überstehen zu können.

…

Das zeugte meines Erachtens schon von einer gewissen Besessenheit. Aber wie auch immer, wir hatten nun andere Spuren zu finden, also legte ich die Blätter wieder in den Aktendeckel und erwiderte Jens' Begrüßung mindestens ebenso freundlich.

„Setz dich doch", forderte ich ihn anschließend auf.

„Liest du den Text, den ich dir ausgedruckt hab?" fragte er, während er sich auf der anderen Seite des Schreibtisches niederließ.

Ich nickte. „Habe aber gerade erst damit begonnen." Dann schob ich die Akte etwas zur Seite. „Was machen wir denn nun heute Morgen?" fragte ich und zog dabei die Augenbrauen hoch.

„Wir könnten schauen, ob noch ein Kollege im Haus ist, der nicht weiß, was er tun soll, und eine Runde Skat spielen", antwortete er trocken.

Ich musste lachen.

„Weißt du, ob es schon Rückmeldungen auf die Anfrage in der Zeitung gab?" fragte er.

Ich schüttelte den Kopf. „Hab noch nicht nachgefragt."

Er lehnte sich zurück und verschränkte die Arme vor der Brust. „Ich hab vorhin nochmals über die Theorien nachgedacht, die wir gestern Abend gesponnen haben. Das scheint mir alles sehr weit hergeholt. Meistens sind doch die Motive viel einfacher, viel grundlegender und nicht so verworren."

„Da kann ich dir nur zustimmen", fasste ich mich kurz.

„Wir brauchen dringend eine neue Idee, wenn wir nicht ständig um Benjamin Michels kreisen wollen", sagte Jens etwas frustriert.

Wir begannen beide nachzudenken.

„Also wenn es Michels nicht gewesen sein soll", durchbrach ich die Stille, „dann haben wir als Ansatzpunkt nur Hannah Klamm, was uns nach aktuellem

Stand aber überhaupt nichts bringt, und Michels' Geschichte von den zwei Unbekannten."

Jens nickte bestätigend.

„Wenn es Michels nicht war, dann hindert uns logischerweise nichts daran, seiner Version Glauben zu schenken, so viel ist klar. Dann stellt sich nur die Frage, wie wir den zwei Unbekannten näher kommen." Ich kritzelte nebenbei unsere Optionen mit einem Bleistift auf ein weißes Stück Papier. „Wer sind die Zwei? Wo kamen sie her? Was haben sie da draußen gemacht?"

„Die beiden waren zu Fuß unterwegs, das heißt doch, sie hatten entweder in der Nähe ein Auto stehen oder sie hatten es nicht weit nach Hause. Oder irre ich mich?" begann Jens, Ideen zu entwickeln.

„Richtig, aber mehr Sinn macht meiner Meinung nach, dass sie in der Nähe wohnen. Ich fahr doch donnerstagabends nicht irgendwo an den Stadtrand und mache dann einfach so einen Spaziergang, oder?" setzte ich seinen Ansatz fort.

„Außer du hast einen Hund. Aber das hätte Michels oder dem Zeugen oder, noch wahrscheinlicher, dessen Hund auffallen müssen. Also suchen wir zwei junge Männer, die unweit vom Tatort wohnen", folgerte Jens.

„Hätte uns das nicht schon früher in den Sinn kommen müssen?" fragte ich.

„Ich weiß nicht, wahrscheinlich waren wir zu sehr auf Michels fixiert. Der hat uns halt mit seinen ganzen Gedanken und Texten die Sinne vernebelt", fand Jens eine Ausrede.

„Es ist einfach Mist, dass der Polizeihund nicht gleich verfügbar war. Wer weiß, wo der uns hingeführt hätte, wenn wir ihn gehabt hätten, bevor es zu schütten begann", warf ich ein. „Aber vielleicht hätte er sowieso keine Fährte aufgenommen und ich rege mich umsonst auf. Die Feldwege haben ja auch nichts mehr mit Feld zu tun, sind stattdessen geteert. Da ist es sowieso schwierig für die Spürnasen."

Jens stand kurz auf, um sich ein Glas und eine Wasserflasche aus meinem persönlichen Getränkevorrat zu holen. Er warf mir kurz einen fragenden Blick zu, den ich mit einem Nicken beantwortete, und brachte mir daraufhin auch ein Glas. Nachdem er uns beiden eingeschenkt hatte, setzte er sich wieder, nahm einen Schluck und behielt sein Glas in seinen Händen.

„Was hätten wir anders gemacht, wenn wir gleich in der Nacht zum Freitag davon ausgegangen wären, dass die Täter möglicherweise nicht weit weg wohnten?" stellte Jens in den Raum. „Die Streifen waren ja auch im Wohngebiet unterwegs, gesehen haben sie aber niemanden. Und wenn irgendwo noch Leben in einer Bude gewesen wäre, hätten sie es doch sicherlich gemeldet oder sogar einfach direkt geklingelt?"

„Du meinst also, es wäre übertrieben gewesen, einfach mal grundsätzlich von Haus zu Haus zu gehen und alle Bewohner aus dem Bett zu klingeln?" erwiderte ich grinsend.

„In der Nacht sicherlich, aber am Tag, warum nicht? Ist ja auch kein Problem, wenn wir damit erst heute anfangen, allzu viele der Leute werden ja nicht gerade gestern unbekannt verzogen sein", sagte er nüchtern mit dem uns beiden eigenen trockenen Humor.

„Abgesehen davon, dass wir nachher mit Mannheim telefonieren müssen, wissen wir ja sowieso nicht, was wir tun sollen. Also können wir genauso gut die Häuser abklappern. Aber Kollege Klein soll uns dabei mit zwei oder drei Kameraden unterstützen." Ich schaute kurz auf das Gekritzel vor mir auf dem Schreibtisch. „Und wenn wir dann schon mal wieder in Wildberg sind, könnten wir ja versuchen, Benjamins Mutter zum Gespräch zu überzeugen. Ihre Sicht der Dinge würde mich schon auch interessieren, Mütter haben doch ein ganz anderes Gespür für ihre Kinder als die Väter."

„Hat Klein überhaupt Dienst?" fragte Jens.

„Ja, hat er gesagt. Und er hat auch gesagt, dass der Dienstplan für ihn unter diesen Umständen keine große Rolle spiele. Wenn wir ihn bräuchten, würde er zur Verfügung stehen", gab ich wieder, was der Kollege mir bei unserem kurzen Treffen gestern Abend sagte, als Jens gerade auf der Toilette war.

„Soll ich mich noch kurz erkundigen, ob bereits hilfreiche Anrufe eingegangen sind? Dann kannst du nochmals mit Mannheim telefonieren und denen sagen, dass wir unterwegs sind. Oder hast du denen etwa deine Handynummer gegeben?" Jens schaute mich breit grinsend an, wusste er doch, dass ich mein Handy oft ausgeschaltet hatte oder es irgendwo liegen ließ.

Ich zog die Augenbrauen hoch. „Ich hab es in der Tasche, es ist extra eingeschaltet und ja, die haben meine Nummer", antwortete ich. „Stattdessen werde ich versuchen, Klein zu erreichen, und werde ihn schon mal vorwarnen."

10

Eine Stunde später, es war gegen halb elf, stand ich in Wildberg vor der ersten Haustür und klingelte. Luftlinie zum Tatort nur wenige hundert Meter. Es herrschten für Ende Mai angemessen angenehme Temperaturen, der Himmel war nahezu klar, anders als noch in der Nacht zum Freitag. Jens begann in derselben Straße, auf der anderen Seite am gegenüberliegenden Haus.

Anrufe waren auf der Dienststelle, bis zu dem Zeitpunkt als Jens fragte, tatsächlich einige eingegangen, hilfreich war davon jedoch vielleicht gerade mal einer. Ein Anrufer berichtete nämlich von einem ihm unbekannten Pkw, der den ganzen Donnerstag über in seiner Straße parkte, am Freitag jedoch verschwunden war. Was es damit auf sich hatte, das wollten Jens und ich im Laufe des Samstags überprüfen. Andere Anrufer waren lediglich neugierig, wollten unter anderem wissen, warum wir Michels freigelassen hatten, oder sie beglückten uns mit sinnfreien Hinweisen wie zum Beispiel dem hohen Verkehrsaufkommen nach Mitternacht im Wohngebiet, normalerweise sei es da nämlich totenstill.

Die Tür des kleinen Einfamilienhauses, das noch relativ neu aussah, öffnete sich und ein dunkelhaariger Mann schlanker Statur, um die dreißig Jahre, begrüßte mich mit einem freundlich fragenden *Guten Morgen*.

„Kripo Calw, Hauptkommissar Manfred Schulte", ich zeigte ihm meinen Ausweis, „guten Morgen." Ich steckte den Ausweis in die linke Gesäßtasche meiner Jeans zu meinem Geldbeutel. Der Mann nickte kurz und wartete auf mein Anliegen.

„Sicher haben Sie von dem Vorfall in der Nacht zum Freitag mitbekommen. Ist Ihnen am Donnerstag oder gestern, oder natürlich in der Nacht, etwas Ungewöhnliches aufgefallen?" fragte ich.

Er schüttelte unwissend den Kopf. „Nein, tut mir leid. Mir nicht. Und auch meiner Frau nicht, wir haben uns erst vorhin beim Frühstück darüber unterhalten, als wir den Bericht in der Zeitung gelesen haben."

Seine Frau kam nun auch dazu, stellte sich ruhig an seine Seite, legte den Arm um ihn, sichtbar schwanger. Ich schenkte ihr kurz einen Blick und nickte ihr höflich zu.

„Außer Ihnen wohnt hier niemand, vermute ich", sagte ich dem Mann zugewandt.

Wieder schüttelte er den Kopf. „Dafür wäre das Haus bald zu klein." Glücklich lächelnd blickte er seine Frau an und sie erwiderte dies.

Eine glückliche junge Familie, dachte ich. Bei meiner Frau und mir war es nicht anders gewesen. Ich hoffte aufrichtig für die beiden, dass es bei ihnen ewig so bleiben würde.

„Haben Sie sich mal mit Ihren Nachbarn über den Vorfall unterhalten? Lohnt es sich, dort auch zu klingeln und nachzufragen?" fragte ich vorsichtig. Ich wollte nicht direkt mit der Tür ins Haus fallen, dass wir den Täter unter den Bewohnern dieser Siedlung vermuteten, sondern wollte einfach mal hören, was dem Ehepaar zu den Nachbarn spontan einfiel.

Der Mann deutete per Kopfnicken in Richtung der anderen Straßenseite. „Ist das Ihr Kollege dort? Mit den beiden Paaren in den beiden Häusern da drüben sind wir befreundet, haben uns gestern an der Haustür über diese Sache unterhalten. Wir waren alle geschockt, dass so etwas direkt vor unserer Nase passieren kann. Aber keiner wusste etwas Ungewöhnliches zu berichten." Dann nickte er zur Seite. „Und hier neben uns wohnt ein älteres Ehepaar, um die siebzig, schätze ich, freundlich, aber zurückhaltend. Wir wohnen hier seit einem Jahr, haben uns aber mit denen nie wirklich unterhalten."

Auf der anderen Seite des Hauses wohnte niemand, da wir uns am Rand der Siedlung befanden und die Straße bislang eine Sackgasse war, die in eben jenen Feldweg mündete, auf dem die potenziellen Täter möglicherweise geflohen waren.

„Und sonst? Die anderen Anwohner dieser Straße, haben Sie da irgendetwas gehört? Sind überhaupt alle Häuser bewohnt, steht eines leer, oder ist jemand im Urlaub?" stellte ich eine Serie von Fragen und machte damit weiter, während die beiden sich fragend ansahen und darüber nachdachten. „Wer könnte am ehesten von den Ereignissen der Nacht zum Freitag mitbekommen haben? Gibt es da vielleicht nachtaktive Menschen, zum Beispiel aufgrund der Arbeitszeiten?"

Die Frau schwieg weiter, der Mann antwortete: „Wir haben zu denen kaum Kontakt, man sieht sich, man grüßt sich, aber mehr auch nicht. Ich hab schon mitbekommen, dass da zwei oder drei im Schichtbetrieb arbeiten, aber wann genau die kommen und gehen, das weiß ich nicht." Er musste leicht husten. „Dass da etwas leer steht, ist mir nicht bekannt. Und Urlaub, keine Ahnung."

Seine Frau hatte nun doch auch etwas beizusteuern. „Bei den meisten kommt Urlaub gerade eigentlich nicht in Frage, da hier einige Familien wohnen, deren Kinder zur Schule müssen. Kann aber auch sein, dass die Kinder bei ein, zwei Familien schon so alt sind, dass die Eltern alleine weg könnten, aber dann würden die Häuser ja nicht leer stehen", sagte sie mit sanfter Stimme.

Ich nickte, bedankte mich bei dem Paar für ihre Zeit und verabschiedete mich höflich. Auf dem Weg durch den kleinen, sauber angelegten Vorgarten zurück zum Gehweg sah ich, dass auch Jens gerade mit der ersten Befragung fertig war. So hielt ich kurz an und wartete auf ihn, doch auch er hatte keine wesentlichen Hinweise erhalten.

Eine halbe Stunde später waren wir mit dieser Straße durch, einige weitere warteten auf uns. Ehe wir begonnen hatten, hatten wir das Gebiet gemeinsam mit Klein und mithilfe einer Karte eingeteilt. Unser Ziel war, bis zum Mittag die Straßen abzuarbeiten, die dem Tatort am nächsten lagen. Nach dem Essen bei einem Pizza-Service, den Klein vorgeschlagen hatte, wollten wir uns dann kurz austauschen, um danach im weiteren Gebiet nur noch einzelne Häuser jeder Straße anzugehen. Das primäre Ziel war dabei nicht mal unbedingt, direkte Hinweise zur Tat zu bekommen, sondern eben ein Bild der Bevölkerung dieser Siedlung. Sicherlich würden wir jeden Hinweis zur Tat gerne und dankend mitnehmen, doch dafür gab es ja auch die Hotline. Im Grunde wollten wir mit dieser Aktion unserer Theorie nachgehen, dass hier irgendwo der Täter wohnte. Vielleicht konnten wir so tatsächlich die eine oder andere Adresse herausfinden, wo es sich besonders lohnte, nochmals nachzuhaken. Klar war dabei, dass wir niemanden aufscheuchen wollten und unsere Fragen deshalb vorsichtig stellen mussten.

Im Wissen, dass wir dringend Fortschritt in unserem Fall brauchten, waren wir motiviert bei der Sache. Ich für meinen Teil traf dabei an den unterschiedlichsten Haustüren unterschiedlichster Häuser genauso auf freundliche junge Menschen wie auf unfreundliche ältere, und umgekehrt. Auch gab es die eine oder andere Tür, die verschlossen blieb, was natürlich genauso notiert wurde wie alles, was irgendwie auch nur ansatzweise wichtig erschien und unter Umständen überprüft werden musste. Es gab mehrere Haushalte, in denen Familien mit bereits erwachsenen Söhnen im Alter zwischen achtzehn und dreißig wohnten, jedoch gab es dabei weder Eltern, die im Urlaub waren oder etwas Verdächtiges über ihre Söhne zu berichten hatten, noch

Söhne, mit denen ich selbst sprach, die auf irgendeine Weise auffällig erschienen. Alles in allem begann es nicht sehr erfolgreich und so blieb es auch bis zum Mittag.

Wir trafen uns an der verabredeten Kreuzung im Wohngebiet und fuhren alle zusammen in Kleins Dienstwagen zum Pizza-Service. Es war ein kleiner Laden im Zentrum des Städtchens, mit wenigen Tischen, da vorwiegend ausgeliefert oder zum Mitnehmen abgeholt wurde. Jens und ich konnten Klein und seinen Kollegen dazu bringen, sich unserer Gewohnheit, während des Essens nicht über den Fall zu reden, anzupassen und so ließen wir uns unsere Pizzen überwiegend in Ruhe schmecken.

Kurz bevor ich das letzte Stück meiner einfachen, lediglich mit Schinken belegten Pizza in die Hand nahm, vibrierte das Handy in meiner Tasche. Der Höflichkeit halber verließ ich den Laden, ehe ich den Anruf annahm, und als ich wieder zurück kam, war den Kollegen aufgrund meines immer noch verblüfften Gesichtsausdrucks und der Tatsache, dass sie das Gespräch visuell durch die großen Schaufenster verfolgen konnten, klar, dass etwas Wichtiges passiert sein musste.

Ich legte das Telefon neben meinen Pizzarest auf den Tisch und versuchte dabei immer noch zu begreifen, was mir gerade mitgeteilt wurde, während mich meine drei Kollegen fragend anschauten und auf Informationen warteten.

Ich schüttelte ungläubig den Kopf. „Klamms Obduktion brachte keinerlei Hinweise, aber die Jungs von der Spurensicherung haben bei der Untersuchung der Tatwaffe Fasern festgestellt. Zum Teil waren sie nicht zuzuordnen, zum Teil passen sie aber …", ich zögerte und sorgte damit für ungeduldige Gesichter, „… zu Benjamin Michels' Kleidung."

Ich konnte es immer noch nicht glauben und auch die Kollegen waren sichtlich überrascht und hörbar sprachlos. Gemeinsam schüttelten wir fassungslos die Köpfe.

„Und da gibt es keinen Zweifel?" fragte Jens nach kurzer Pause zur Sicherheit nochmals nach.

„Keinen Zweifel", antwortete ich.

Gut war, dass wir schon in Wildberg waren. Alle vier fuhren wir eine knappe halbe Stunde später mit zwei Autos bei Familie Michels vor. Dieses Mal kam uns niemand direkt entgegen, ganz im Gegenteil, Michels' Mutter, die uns die Tür öffnete, zeigte sich bezüglich unserer Anwesenheit sehr überrascht.

„Wir müssen mit Ihrem Sohn reden", sagte ich höflich und sie holte ihn.

Mit fragendem, sehr geknicktem Blick erschien dieser im Flur, seine Mutter direkt dahinter. „Was wollen Sie?" fragte er etwas teilnahmslos.

Ich schaute ihn mit hochgezogenen Augenbrauen ernst an. „Benjamin Michels, wir nehmen Sie fest im dringenden Verdacht, Hannah Klamm getötet zu haben", sagte ich dann sachlich und ließ Klein und seinen

Kollegen die weitere Festnahme und Belehrung vornehmen.

„Ich verstehe nicht …", brachte er hervor, dann wirkte er äußerst sprachlos und sehr irritiert, während er zu Kleins Dienstwagen geführt wurde, um damit erneut nach Calw überstellt zu werden. So hatten wir es in der Pizzeria vereinbart, ehe wir uns auf den Weg machten. Benjamins Mutter fand angesichts dieser überraschend veränderten Situation ebenfalls kaum Worte und brachte ihre Sätze nicht zu Ende.

„Das kann doch nicht …", fing sie an. „Warum denn …", setzte sie fort. „Aber Sie haben ihn gestern …" Ihr verzweifelter Blick wanderte hilflos zwischen ihrem Sohn, der abgeführt wurde, und Jens und mir hin und her.

Am Streifenwagen angekommen fand auch Benjamin die Sprache wieder und wandte sich uns zu. „Ich hab ihr nichts getan. Wie kommen Sie da drauf? Sie irren sich!" sagte er laut, wurde dann aber von Kleins Kollegen mit sanftem Druck zum Einsteigen bewegt.

Wir schauten zu ihm, lauschten seinen Worten, wandten uns dann aber wieder seiner Mutter zu, die offensichtlich verzweifelt zu überlegen versuchte, was denn nun zu tun war.

„Ich muss meinen Mann anrufen", sagte sie in Gedanken versunken und drehte sich von uns weg, um zum Telefon zu gehen.

„Frau Michels", sagte ich mit kräftiger Stimme und sie hielt inne, wandte sich uns wieder zu.

„Können wir einen Moment mit Ihnen reden?" fragte ich sie. „Nachdem Sie Ihren Mann angerufen haben."

Sie nickte, winkte uns herein und führte uns ins Wohnzimmer, wo wir stehend warteten bis sie aus der benachbarten Küche ihren Mann telefonisch verständigt hatte. Wir konnten hören, wie sie versuchte, ihm zu erklären, was vorgefallen war, aber offensichtlich stellte er zu viele Fragen, auf die sie keine Antwort wusste. Dass wir noch hier waren und mit ihr reden wollten, kam nicht zur Sprache, Frau Michels war dafür vermutlich einfach zu sehr durch den Wind. Ihr Mann schien dann irgendwann begriffen zu haben, dass seine Frau ihm nicht mehr Informationen zu bieten hatte, und so fand das Gespräch ein relativ abruptes Ende. Ich ging davon aus, dass Benjamins Vater und der Anwalt in kürzester Zeit in Calw auf der Matte stehen würden, möglicherweise noch bevor wir zurück sein würden.

Die zerbrechlich wirkende Frau kam zurück ins Wohnzimmer und gab uns ein Zeichen, dass wir uns auf einem der zwei großen Sofas, die im rechten Winkel zueinander standen, setzen sollten, während sie auf dem anderen Platz nahm.

„Wir müssen leider davon ausgehen, dass uns Ihr Sohn bei der Vernehmung nicht die Wahrheit gesagt hat. Dafür gibt es Beweise und es sieht nicht gut für ihn aus", erklärte ich ihr ruhig.

„Das kann ich nicht glauben", antwortete sie, den Blick auf den Boden gerichtet. Dann schaute sie auf. „Mein Sohn ist kein Mörder. Er ist vielleicht verschlossen und zeigt wenig von seinen Gefühlen, aber so gut kenne ich ihn sicher."

„Wenn sich nichts Neues mehr ergibt, dann wird es extrem schwer, den Staatsanwalt und den Richter davon zu überzeugen", sagte ich ehrlich.

„Aber Sie glauben ihm?" wollte sie wissen.

Jens und ich schauten uns kurz an. „Was wir glauben, ist nicht so wichtig, die Fakten sind entscheidend. Und dass er uns belogen hat, wirft kein gutes Licht auf ihn", ließ ich sie ausweichend wissen.

Wir schwiegen alle einen Moment miteinander.

„Wussten Sie von seinem Kontakt zu Hannah Klamm?" fragte ich.

Sie schüttelte kurz und leicht den Kopf. „Er hat nie über solche Dinge gesprochen. Vor einigen Jahren habe ich ihn immer wieder gefragt, ob er über irgendetwas reden wollte, aber ich denke, da war er eigentlich schon zu alt, um mit seiner Mutter so etwas zu besprechen. Und als er vielleicht im entsprechenden Alter gewesen wäre, da hab ich es versäumt, war zu sehr mit anderen Dingen beschäftigt. Leider kann ich das wohl nicht mehr ändern." Ihr Blick richtete sich wieder auf den Boden. Sie fühlte sich schuldig.

„Haben Sie jemals erlebt, dass er aggressiv wurde?" fragte ich weiter.

„Benjamin?" Sie schaute uns bei dem Gedanken fast amüsiert an. „Benjamin kann beinahe keiner Fliege etwas zu Leide tun. Deshalb kann ich mir das auch überhaupt nicht vorstellen. Er wirkte in der Vergangenheit oft resigniert und lustlos, und ich wünschte, ich hätte ihm helfen können, was er nie wollte, aber ich habe nicht erlebt, dass sich sein Frust jemals gegen andere entladen hätte. Nicht mal an Dingen hat er sich abreagiert, hat nie etwas kaputt gemacht oder so."

„Hat sich sein Verhalten in den letzten zwei, drei, vier Wochen verändert? Wurde er ruhiger? Oder im Gegenteil vielleicht sogar lebhafter?" fragte ich.

Sie besann sich kurz, war sich aber sicher: „Nicht außergewöhnlich. Es gab immer unterschiedliche Phasen bei ihm. Mal wirkte er schwerfälliger, mal ging er leichter durchs Leben. Man kann vielleicht sagen, dass er in den letzten Wochen eher etwas entschlossener schien, in seiner Art, wie er durch den Tag ging. Also er war nicht so schwerfällig, eher aktiver, aber wie gesagt, das hab ich so auch vorher schon immer wieder erlebt."

„Sie haben nie darüber nachgedacht, dass Ihr Sohn unter Depressionen leiden könnte?" fragte ich.

Sie lehnte sich zurück und legte ihre Hände gefaltet in ihren Schoß. „Ich hab immer wieder darüber nachgedacht, was das Problem ist, was ich falsch gemacht habe. Auch darüber, ob mein Mann anders mit ihm hätte umgehen müssen, verständnisvoller und nicht immer so fordernd. Aber ich hab immer auch gehofft, dass Benjamin irgendwann eine Freundin findet und sich dann alles von alleine regelt. An Depression hab ich eigentlich nie gedacht, hab mir da bisher wahrscheinlich etwas anderes drunter vorgestellt." Sie dachte kurz nach. „Wie kommen Sie eigentlich auf Depression? Hat Benjamin etwas davon gesagt?"

„Wir hatten bei der Vernehmung gestern einen Psychologen im Nebenraum, der uns helfen sollte, Benjamin besser einzuschätzen. Der hat danach klar gesagt, dass hier sehr viel auf eine Depression hindeutet", beantwortete ich ihre Frage.

Damit er etwas gegen diese irgendwie schwer zu begreifende Krankheit unternehmen konnte, wollte ich sie oder Benjamin ohnehin irgendwann persönlich darauf hinweisen, dachte aber, er könnte sich dann in Freiheit und aller Ruhe mit der Behandlung auseinandersetzen. Die Lage war nun dramatisch anders.

„Was soll ich denn jetzt tun?" fragte Frau Michels nach einigen Augenblicken der Stille. „Kann ich ihm irgendwie helfen?"

„Na ja, ich würde Ihnen da gerne einen Rat geben, aber das Problem ist, dass bis auf seine Unschuldsbeteuerung alles gegen ihn spricht. Sie können ihn im besten Fall besuchen und versuchen, ihm klarzumachen, dass er uns die absolute Wahrheit sagen muss, wenn wir ihm helfen sollen." Und während ich das sagte, wurde mir bewusst, dass ich aufpassen musste, mich nicht von meinem Gefühl leiten zu lassen und eine allzu große Sympathie für den mutmaßlichen Täter zu entwickeln, die meine Objektivität noch weiter in Gefahr brachte.

Frau Michels saß ziemlich geknickt auf dem Sofa, als Jens und ich uns erhoben und höflich von ihr verabschiedeten. Ich empfahl ihr, mit jemandem zu reden, einer Freundin oder jemandem aus der Familie, dann ließen wir sie im Wohnzimmer zurück und machten uns auf den Weg.

„Dir ist schon wirklich klar, dass gerade alles gegen Michels spricht?" fragte mich Jens auf der Rückfahrt nach Calw mit strengem Blick, aber vorsichtiger Stimme.

„Wie soll denn das bitte gemeint sein?" brummte ich zurück, sehr wohl wissend, wie es gemeint war.

„Na ja, es sieht aus, als ob er es doch gewesen ist, was dann heißen würde, er hätte einen Menschen umgebracht. Aber wenn man dir gerade so zugehört hat, dann könnte man fast meinen, du …", bis dahin kam er, ehe ich ihn unterbrach.

„Ich weiß. Ich muss aufpassen, nicht zu viel Mitleid für ihn zu entwickeln. Ist mir vorhin selbst aufgefallen. Es ist nur so …", ich überlegte kurz, „… so unglaublich. Ich tu mir so schwer, zu glauben, dass er es wirklich getan haben soll."

Jens ahnte wohl, dass ich es nicht leiden konnte, mit meinem Gefühl dermaßen danebenzuliegen, vermutlich sagte er deshalb nun auch nichts mehr dazu.

Dass ich so sehr danebenlag, war bislang eigentlich noch nie vorgekommen. Ich hatte es natürlich schon erlebt, dass Täter ihre Tat leugneten, solange es möglich war, manche sogar über das Mögliche hinaus. Und ich hatte es auch schon oft genug erlebt, dass ich mir unsicher war, ob einer nun zunächst die Wahrheit sagte oder nicht. Aber noch nie war ich mir so sicher in meiner Einschätzung, um dann völlig danebenzuliegen.

Ich würde mich nun selbst überprüfen müssen, dachte ich mir. Ich musste überprüfen, ob es hinsichtlich des Mitgefühls, das ich offensichtlich für Michels empfand, erklärbare Gründe gab, die mit dem Fall im Grunde gar nichts zu tun hatten. Erinnerte mich Benjamin mit seinen Problemen womöglich in irgendeiner Form an meinen Matthias, den ich einst selbst vor Probleme gestellt hatte? Wollte ich aus väterlichem Mitgefühl das Offensichtliche einfach nicht wahrhaben und suchte deshalb nach anderen Tätern? Dringend musste ich mir darüber klar werden.

11

Im Kommissariat sollte es bei unserer Rückkehr ziemlich ruhig sein, klar, es war ja inzwischen auch früher Samstagnachmittag. Wie ich es mir dachte, wurden wir dennoch erwartet. Benjamins Anwalt wie auch sein Vater stellten uns, noch ehe wir richtig angekommen waren, und bombardierten uns förmlich mit Fragen. Ob wir eigentlich wissen würden, was wir täten, schien mir im Wesentlichen das, was die Summe aller ihrer Fragen ausmachte. Ich konnte durchaus verstehen, dass ein Bedürfnis da war, über die veränderte Situation informiert zu werden, aber die Art und Weise nervte mich und deshalb ignorierte ich die beiden einfach so gut es ging. Jens tat es nicht anders.

Wir beide hatten noch auf der Fahrt vereinbart, dass uns unser Weg direkt zu Benjamin führen würde, um ihn mit dem Sachverhalt zu konfrontieren. Auch unser Chef würde wieder zuhören, den hatte ich längst per Handy über den neuen Stand informiert und so war es für ihn keine Frage, das Wochenende noch etwas zu verschieben.

Den stänkernden Anwalt und Benjamins Vater im Gefolge ließen wir Benjamin in den bekannten Vernehmungsraum bringen. Nachdem unser Chef im Nebenraum angekommen war und wir unsere Gefolgschaft davon überzeugt hatten, dass wir uns dieses Mal zunächst alleine mit Benjamin unterhalten würden, so er auf Nachfrage nicht ausdrücklich auf Beistand bestehen sollte, betraten wir den Raum und wandten uns dort dem jungen Mann zu, der jetzt offensichtliche Anzeichen von Schuldgefühlen zeigte und alles in allem wieder sehr niedergeschlagen erschien.

Nach den üblichen Formalitäten und der daraus resultierenden Gewissheit, dass Benjamin auf den Beistand des Anwalts tatsächlich keinen Wert legte, gab ich ihm zunächst eine kleine Chance, seine Situation zumindest etwas zu verbessern. „Sie können davon ausgehen, dass wir Sie nicht ohne Grund erneut in Gewahrsam genommen haben. Also, gibt es etwas, das Sie uns mitteilen wollen?"

Benjamin senkte den Blick und dachte nach. Es war nun klar, dass er uns nicht die Wahrheit gesagt hatte, aber es war mir im Moment noch ein Rätsel, ob er sich jetzt einfach schwertat, damit herauszurücken, oder ob er die Zeit momentan nutzte, um sich zu überlegen, wie er am besten aus der Sache wieder herauskam.

„Wenn Sie die Tat jetzt gestehen, dann wird das bei der Verhandlung sicherlich zu Ihren Gunsten ausgelegt werden. Das Strafmaß ließe sich je nach den Umständen der Tat wahrscheinlich um einiges reduzieren", ergänzte ich und schaute ihn erwartungsvoll und fragend an.

Daraufhin schaute er auf und schüttelte mit unverständlicher Miene den Kopf. „Sie irren sich immer noch, wenn Sie meinen, ich hätte sie umgebracht."

Ich wusste nicht so recht, ob ich mich über diese Antwort freuen oder enttäuscht sein sollte. Sollte ich mich darüber freuen, dass damit immer noch Raum für mein Gefühl war, das mir sagte, es müsse jemand anderes gewesen sein? Oder musste ich nicht viel mehr enttäuscht sein, weil wir trotz eindrücklicher Indizien immer noch kein Geständnis bekamen, das den Fall endgültig und absolut unumstößlich klärte? Ich schaute ihn weiter fragend an.

Nach wenigen Momenten begann er dann zu erzählen: „Ich dachte, es ist besser, wenn ich es verschweige, und habe gehofft, Sie kommen nicht dahinter. Mir war doch sofort klar, dass Sie denken, ich wäre es gewesen, wenn Sie meine Fingerabdrücke auf der Tatwaffe finden würden. Deshalb hab ich versucht, sie abzuwischen. Wie dumm das war, wurde mir bald klar, schließlich hab ich damit ja vielleicht auch die Abdrücke des wahren Täters abgewischt. Andererseits fiel mir dann auch wieder ein, dass der das wahrscheinlich selbst auch gemacht hat und dann wären ja nur noch meine darauf zu finden gewesen."

An dieser Stelle unterbrach ich ihn mit ruhiger, sachlicher Stimme: „Langsam, langsam. Erzählen Sie doch von Anfang an und der Reihe nach, dass wir Sie richtig verstehen!"

Er stieß einen leisen Seufzer aus. „Als ich näher zu der Stelle kam, wo Hannah lag, sah ich ja die zwei Männer wegrennen. Komisch war dann, dass einer der beiden nach einigen Metern kurz zögerte. Dann sah es aus, als würde er etwas wegwerfen. Ich bin zuerst aber zu Hannah und wollte ihr helfen, was ich nicht mehr konnte. Ich weiß auch nicht, ich war so verzweifelt, plötzlich dachte ich daran, dass der eine etwas weggeworfen hatte, und ich begann in der Wiese danach zu suchen. Sie glauben mir das ja sowieso nicht, aber ich dachte, er hat Hannah vielleicht etwas geklaut, das sie eigentlich für mich dabei hatte. Ich verstehe es ja auch nicht, wie ich denken konnte, dass sie mir ein Geschenk mitbringen würde. Ich hab halt zu sehr gehofft, dass sie mich doch mag. Das klingt völlig absurd, das weiß ich selber, aber so läuft es eben in meinem Kopf. Da ist irgendetwas nicht normal." Er schaute uns kopfschüttelnd an.

„Und was haben Sie gefunden?" fragte ich, um ihn wieder in die Spur zu bringen, und verzichtete darauf, auf den wirklich merkwürdigen Grund seiner Suche einzugehen.

„Na das Messer", erwiderte er direkt. „Plötzlich hatte ich das Messer in der Hand. Und dann ging es in meinem Kopf wieder rund. Mir wurde klar, dass da jetzt meine Fingerabdrücke drauf sind. Dann sah ich zu Hannah, wie sie da regungslos lag und begriff, dass doch jeder denken musste, ich hätte es getan. Also hab ich das Messer gut an meinem Pullover abgewischt, der war ja sowieso schon verschmiert. Da würde es nichts ausmachen, wenn vom Messer vielleicht auch noch Blut drauf kommen würde, dachte ich. Danach hab ich es wieder in der Wiese fallen lassen und bin zurück zu Hannah. Und ich glaube, erst dann hab ich wirklich realisiert, was eigentlich passiert ist. Hab kapiert, dass Hannah nicht mehr lebt, und bin zusammengebrochen. Über die Zeit bis die Polizei dann da war, weiß ich eigentlich nichts mehr."

Ich hörte ihm gespannt zu und als er nichts mehr sagte, schaute ich kurz zu Jens, der nur ungläubig die Augenbrauen hochzog, und dann wieder auf den geknickten jungen Mann vor mir. Er hatte von Gedankenspielen erzählt und diese starteten nun auch in meinem Kopf wieder durch. Was konnte ich ihm glauben? Was wollte ich ihm glauben? Diese beiden Fragen konkurrierten eifrig miteinander und ich wusste, dass es darauf gar nicht so sehr ankam. Was waren die Fakten? Das war die entscheidende Frage. Welche Sprache sprachen die Tatsachen?

Mir fiel ein, dass wir nach unserer Rückkehr gar nicht nachgefragt hatten, ob es irgendwelche Anrufe wegen irgendwelcher Spuren gab. Ich bat Benjamin, zu warten, und Jens, mitzukommen. Kaum hatten wir den Raum verlassen, ereiferte sich direkt der Anwalt in haltlosen Vorwürfen bezüglich unseres Vorgehens. Ich sagte ihm, dass er mit Benjamin reden konnte, bis wir zurückkämen, und ließ ihn stehen. Jens folgte mir.

„Ich kriege das nicht in meinen Kopf", begann ich mit ihm zu reden, während wir durch den Flur gingen, ohne dass er zu wissen schien, wohin. „Er ist doch nicht blöd. Oder?" Ich schaute Jens kurz an, der nur mit den Schultern zuckte. „Wenn er es doch tatsächlich gewesen sein sollte, dann müsste ihm doch spätestens jetzt klar sein, dass es an der Zeit ist, seine Lage durch ein Geständnis zu verbessern. Warum tut er es nicht?"

„Vielleicht will er lieber den zu Unrecht Verurteilten spielen und dafür länger einsitzen, als dass er sich als Mörder outet und dafür vielleicht etwas früher herauskommt", gab Jens als hochwertiges Argument zur Antwort.

„Aber er muss es doch auch mit seinem Gewissen vereinbaren, mit dieser Lüge zu leben, oder nicht?" fragte ich im Treppenhaus auf dem Weg nach oben.

„Vielleicht hat er keins", erwiderte Jens und glaubte selbst nicht dran.

„Oder er sieht sich gar nicht in erster Linie als Täter, sondern selbst als Opfer. Dann könnte er damit vielleicht klarkommen", sagte ich und schüttelte ungläubig den Kopf.

Zwei Minuten später waren wir nicht schlauer. Der Beamte, der den Telefondienst hatte, erwies sich zwar als fähiger Mitarbeiter, war er doch tatsächlich den wenigen fragwürdigen Hinweisen so gut es ging telefonisch nachgegangen, aber er hatte dabei festgestellt, dass sie alle unbrauchbar waren. Jens und ich setzten uns daraufhin kurz in mein Büro und nahmen uns jeweils ein Glas Wasser.

Während ich in Gedanken versank, ergriff Jens das Wort. „Ich weiß, dass du nicht gerne Unrecht hast, aber wir haben durchaus ein Motiv, wir haben die Tatwaffe und jetzt auch die Gewissheit, dass Michels sie in der Hand hatte. Das einzige, was wir nicht haben, ist ein Geständnis." Jens schaute mich ruhig an und ergänzte dann: „Stimmt nicht, das fehlende Geständnis ist nicht das einzige, was wir nicht haben. Wir haben nämlich auch keine einzige Spur, dass es die von Michels beschriebenen Täter überhaupt geben könnte."

Das Verdrehen meiner Augen, Hochziehen meiner Augenbrauen und ärgerliche Grummeln musste offensichtlich kundtun, dass ich äußerst unzufrieden war.

Warum fiel es mir nur so schwer, zu glauben, dass Benjamin eben nicht das Unschuldslamm war, das er gab? War ich tatsächlich nicht in der Lage, die Situation sachlich zu betrachten? Ließ ich mich von meiner eigenen Geschichte momentan so sehr beeindrucken? Michels und mein Sohn hatten doch aber scheinbar außer ihrem Alter nichts gemein. Sicher, beide hatten und haben Eltern, die mit ihren Problemen und Schwierigkeiten zu kämpfen hatten, wodurch zeitweise etwas Zuwendung für ihre Söhne verloren ging. Aber mein Junge schien es ganz gut verkraftet zu haben, wie er selbst betont hatte, und wenn es bei Benjamin anders gelaufen war, was sollte das mit mir zu tun haben? Wo war da der Zusammenhang? Ich konnte mir nicht vorstellen, dass er mir leidtat, weil er im Verlauf seiner Entwicklung nicht so viel Glück hatte wie Matthias. Da müsste ich doch mit jedem Täter Mitleid empfinden und das passierte mir in diesem Maße so gut wie nie. Wenn, dann mussten es meine Schuldgefühle sein, die mir vorhielten, dass ich mich trotz aller Probleme besser um Matthias hätte kümmern müssen. Dass er letztlich offenbar keine Schäden davon getragen hatte, konnte ich mir und meinem Verhalten ganz sicher nicht zuschreiben. Genau genommen konnte ich mir nicht mal erklären, warum er überhaupt so ein guter Junge wurde. Sollte ich genau dieser Schuldgefühle wegen jetzt etwa den Drang verspüren, Michels in seiner Situation zu glauben und zu unterstützen, mich auf eine Weise um ihn zu kümmern, die ich bei meinem Sohn wahrscheinlich hatte vermissen lassen? Die Gedanken kreisten und ich kam zu keinem plausiblen Ergebnis.

Ich schaute Jens an, der mir schweigend und mich beobachtend gegenüber saß. „Du hast Recht, offensichtlich. Wir haben genug, um Untersuchungshaft zu beantragen und das werden wir tun. Alles Weitere wird sich dann zeigen. Da hat der Staatsanwalt ja schließlich einiges mitzureden und zu entscheiden." Ich sah, wie Jens zustimmend nickte, während ich kurz unterbrach. „Aber wir müssen auf jeden Fall schauen, dass wir unsere Arbeit trotz der relativ eindeutigen Sachlage sauber fortsetzen und zu Ende bringen. Das heißt, wir müssen den abschließenden Bericht der Spurensicherung abwarten und in alle möglichen und vorhandenen Richtungen ermitteln, um Fehler auszuschließen. Vielleicht gehen ja doch noch Hinweise übers Telefon ein. Vielleicht ergibt sich ja bei den Kollegen in Mannheim etwas Hilfreiches. Vielleicht hat die Spurensicherung noch eine weitere Überraschung für uns. Oder was weiß ich, vielleicht beginnt er ja zu reden, wenn er bald einsitzt und merkt, dass die Lage für ihn wirklich schlecht ist."

„Ja, vielleicht", gab Jens zustimmend von sich. „Fakt ist jedenfalls, dass er uns belogen hat. Und woher sollen wir wissen, dass es die einzige Lüge war? Oder sollen wir in Zukunft jedem, der sagt, er sei es nicht gewesen, glauben? Selbst wenn die Indizien gegen ihn sprechen? Ich denke, wir haben keine andere Wahl, als Untersuchungshaft zu beantragen und wie du es sagst, unsere Ermittlungen sauber fortzusetzen. Darüber hinaus hat es dann der Staatsanwalt in der Hand. Das ist nicht unsere Sache." Dann begann er plötzlich verschmitzt zu Grinsen. „Und ganz ehrlich, es tut irgendwie gut, zu sehen, wie du mal auf so unvollkommene Weise mit einem Fall umgehst und dich von persönlichen Dingen beeinflussen lässt. Das ist man von dir nicht gewohnt, du bist sonst so perfekt, dass man sich als dein Kollege schon auch mal schlecht fühlt."

Ich nahm es mit verkniffenem Blick und einem sachten Lächeln zur Kenntnis und erhob mich, um wieder zurück zu Michels zu gehen. Jens schloss sich selbstverständlich an. Auf dem Weg kam uns unser etwas verärgerter Chef entgegen, der wissen wollte, warum wir einfach so verschwunden wären und was denn los sei. Ich entschuldigte mich bei ihm für dieses Verhalten und klärte ihn auf, dass mir die Hotline und mögliche Hinweise in den Sinn gekommen waren.

Während wir zu dritt wieder zum Vernehmungsraum gingen, wurden wir uns auch mit unserem Chef schnell einig, dass Untersuchungshaft definitiv angebracht war und er sich persönlich darum kümmern würde, wir aber die Untersuchung ordentlich fortsetzen und abschließen mussten, ehe der Staatsanwalt dann gegebenenfalls Anklage erheben sollte.

Ohne den Anwalt oder Michels' Vater aus dem Raum zu verweisen, machten wir Benjamin mit der Situation vertraut. Außerdem ließ ich ihn wissen, dass wir jederzeit für weitere Geständnisse und Hinweise zum Tathergang offen wären. Dabei beließen wir es dann.

Erneut gingen Jens und ich in mein Büro. Es war inzwischen Viertel vor drei am Nachmittag und ich hoffte, dass die Kollegen aus Mannheim bald anrufen würden; was tatsächlich auch passieren sollte.

In der nächsten Stunde besprachen wir wieder einmal, wann und wie wir unseren dürftigen Spuren nachgehen wollten. Hinweise an die Hotline würden wir am morgigen Sonntag wieder abfragen, wenn sie jedoch nicht dringend sein sollten, wollten wir uns erst Montag drum kümmern. Bei ganz dringenden Anliegen würden wir aber ohnehin unmittelbar informiert werden und zur Tat schreiten. Den abschließenden Bericht der Spurensicherung mussten wir weiter abwarten, hofften aber darauf, dass er uns zu Beginn der kommenden Woche spätestens erreichen sollte.

Mannheim und das Gespräch mit dem Freund ergaben sich zwischendurch. Ein Kollege von dort meldete sich wie verabredet auf meinem Handy und berichtete von ihrem Gespräch mit Hannahs Freund, der bereits von Klamms benachrichtigt worden und immer noch völlig aufgelöst gewesen war. Er beschrieb Hannah als starke Persönlichkeit mit einer sehr sozialen Ader, hilfsbereit und freundlich. Weder wüsste er von Leuten, die sich nicht mit ihr verstanden, noch sei ihm Benjamin Michels ein Begriff. Hannah und er hätten über alle Dinge ihrer Vergangenheit offen geredet, vermutlich sei diese Geschichte für sie einfach nicht von Bedeutung für ihre Beziehung gewesen. Dass sie ab und an ihre Eltern besucht und sich mit alten Freunden getroffen habe, sei nicht ungewöhnlich gewesen, manchmal habe er sie dabei auch begleitet. Aber in der vergangenen Woche hätte er arbeiten müssen. Der Mannheimer Kollege ließ uns wissen, dass der junge Mann keinerlei Zweifel an seiner Aussage erweckte und sich zu jeder Form der Zusammenarbeit bereiterklärte. So habe er auch ohne zu zögern der Untersuchung und gegebenenfalls auch Beschlagnahme Hannahs persönlicher Dinge zugestimmt, die derzeit von zwei Kriminalbeamten durchgeführt wurde.

Wenige Minuten nach diesem Gespräch hatte ich dann auch mit dem jungen Mann persönlich gesprochen. Ich konnte ihn auf seinem Handy erreichen, dessen Nummer er bereitwillig weitergegeben hatte. Er wirkte sehr geknickt, so dass ich meine Fragen sehr behutsam formulierte. Den letzten Kontakt zu Hannah gab es wohl bei einem Telefonat in seiner Mittagspause am Donnerstag. Für dieses Gespräch habe es keinen besonderen Anlass gegeben, auch sei es nichts Besonderes gewesen, dass man über den Mittag miteinander sprach. Sie habe dabei lediglich erzählt, dass sie am Abend eine Freundin treffen wollte, von weiteren Plänen war nicht die Rede. Wir verblieben am Ende, einander anzurufen, wenn sich meinerseits weitere Fragen und seinerseits irgendwelche Hinweise ergeben sollten.

Es war schwierig für Jens und mich, mit so wenigen Spuren zurechtzukommen. Vor allem angesichts der lästigen Tatsache, dass der mutmaßliche Täter nicht bereit war, ein Geständnis abzulegen. Wir hatten im Moment im Grunde nur die Möglichkeit, entweder im Trüben zu stochern, um eventuell zufällig auf eine Spur zu stoßen, die für Klarheit in irgendeine Richtung sorgen könnte, oder einfach abzuwarten, ob sich irgendwann noch irgendetwas ergeben würde. Da wir uns beide schwer damit taten, uns in dieser doch etwas ungewissen Situation zurückzulehnen und Däumchen zu drehen, einigten wir uns auf zwei Dinge. Zum einen darauf, sowohl am heutigen Samstag nochmals nach Wildberg zu fahren als auch am morgigen Sonntag. Zum anderen verständigten wir uns aber ebenso in der Hinsicht, dass wir es nicht übertreiben würden und neben dem heutigen Abend auch der Sonntagvormittag und der Sonntagabend Freizeit sein sollten.

Ehe wir uns also wieder auf den Weg machten, schickte ich Matthias schnell eine SMS, was bei mir jedoch einen Moment dauerte, und fragte ihn, ob er Lust und Zeit hätte, am Abend mit mir Essen zu gehen.

12

Jens und ich fuhren bei immer noch bestem Wetter direkt zum Tatort, um den es relativ ruhig war. Der eine oder andere Bauer war hier und da mit seinem Traktor zu vernehmen. Vereinzelte Fußgänger und Radfahrer waren in der Umgebung zu beobachten. Der Tatort war schon seit gestern nicht mehr abgesperrt und nichts zeugte mehr davon, dass hier vor nicht einmal zwei Tagen ein Mensch sein Leben verlor. Bei Tag war natürlich viel leichter zu überschauen, wer bei der Tat von wo gekommen und wohin geflüchtet sein sollte. Wir schauten zum Rand der Siedlung und stellten fest, dass wir bei allen sichtbaren Häusern bereits geklingelt und ergebnislos nach Hinweisen gefragt hatten.

Auf dem Weg stehend wandte ich mich Jens zu, der einige Meter weiter in der Wiese stand, etwa da, wo das Messer gefunden wurde. „Wenn Benjamin der Täter war, was suchen wir dann hier?" fragte ich ganz grundlegend und gab die Antwort gleich selbst. „Nichts, oder? Es gibt keinen Zeugen, der ihn dabei beobachtet hat. Die Tatwaffe haben wir, wissen sogar, dass er sie in der Hand hatte. Wenn er es eben doch war, könnte nur er selbst Licht ins Dunkel des Vorgangs bringen."

Jens schwieg zunächst zustimmend und schaute sich um. „Das Einzige, was wir finden könnten, wären Hinweise auf die geheimnisvollen wahren Täter. Aber direkt hier am Tatort werden wir in der Hinsicht wohl kaum Erfolg haben. Diese Wiese wurde schon von der Spurensicherung abgegrast", stellte er dann richtig fest.

„Wir haben in der Zeitung nach Hinweisen gefragt, wir haben zahlreiche Häuser abgeklappert, aber nichts Brauchbares herausgefunden. Klein hat verschiedene Einrichtungen besucht und konnte auch nichts Hilfreiches bieten." Ich schüttelte den Kopf. „Kann das eigentlich sein? Wenn hier zwei Leute unterwegs waren, dann muss die doch irgendjemand gesehen haben?" fragte ich Jens und mich selbst.

„Vielleicht nicht nach der Tat, da waren sie ja vermutlich extrem vorsichtig unterwegs. Aber vor der Tat, da war es ja noch nicht allzu spät. Und wann ist zurzeit Sonnenuntergang? Zwischen neun und halb zehn? Dunkel war es dann vielleicht, aber da sind doch noch Leute unterwegs, oder? Und wir können ja davon ausgehen, dass die Tat nicht geplant war, also warum sollten die sich vorher versteckt haben?" analysierte Jens auf nachvollziehbare Weise.

Ich ging einige Schritte auf dem Weg und blieb dann wieder stehen. „Bisher sind wir davon ausgegangen, dass die Täter hier in der Gegend wohnen. Eine andere Wahl haben wir aber auch kaum, denn wenn die hier nur auf der Durchfahrt waren, dann bleibt uns nichts anderes, als auf Hinweise von außen zu hoffen. Hinweise auf fremde Fahrzeuge gingen zwar per Telefon ein, aber die konnten bislang alle zugeordnet werden und spielen definitiv keine Rolle. Welche Klientel von hier käme dann aber ganz konkret eigentlich in Frage?"

Jens griff den Gedanken auf: „Junge Erwachsene, die alleine eine Wohnung haben, und solche, die bei ihren Eltern wohnen, aber unbeaufsichtigt ihr eigenes Leben leben können."

„Dann könnten wir vielleicht auch mal beim Einwohnermeldeamt anfragen und herausfiltern, wo es sich überhaupt zu klingeln lohnt. Allerdings wäre es wirklich auch weiterhin interessant herauszufinden, ob es hier Jugendliche oder junge Erwachsene gibt, die gerade sturmfreie Bude haben, dabei hilft uns das Meldeamt aber wohl kaum", ergänzte ich.

„Denkst du, wenn wir jetzt in den Bauwagen hier um die Ecke gehen und fragen, ob irgendjemandes Eltern im Urlaub sind oder ob ihnen irgendjemand unter ihnen verdächtig vorkommt, dann sagen die uns das?" fragte Jens mit sarkastischem Unterton.

„Na ja, direkt sicher nicht, aber wenn wir ihnen klarmachen, dass es hier um kein Kavaliersdelikt geht, vielleicht denkt dann der eine oder andere für sich mal darüber nach und meldet sich später. Wir können ja mal ein oder zwei Kärtchen dalassen", antwortete ich schulterzuckend.

Tatsächlich trafen wir einen knappen Kilometer entfernt im Bauwagen auf zehn Jugendliche; sieben junge

Männer und drei junge Frauen im Alter von sechzehn bis zwanzig, geschätzt. Zwei von ihnen seien auch anwesend gewesen, als Klein ihnen einen Besuch abgestattet hatte.

Es schien eine muntere Runde zu sein, zu der wir uns einfach gesellten, als würden wir dazu gehören. Zumindest gaben wir uns alle Mühe. Das Bier, das uns angeboten wurde, lehnten wir allerdings ab. Die Offenheit, mit der wir der Gruppe zu begegnen versuchten, wurde uns zunächst auch entgegengebracht. Erst als ich das Thema auf das Verbrechen lenkte, schienen alle etwas zurückhaltender zu werden. Vielleicht wurde ihnen da bewusst, dass wir möglicherweise auf der Suche nach ihresgleichen sein könnten. Jens und ich wechselten uns ab, mit Nachdruck die Abscheulichkeit der Tat herauszustellen, so dass wirklich nachher keiner in der Lage sein konnte, das Geschehene zu verharmlosen oder gar Witze darüber zu reißen.

Wie erwartet gab es im Anschluss keine direkte Rückmeldung, was Personen aus dem näheren und weiteren Umfeld betraf, die wir aufgrund einer Verhaltensänderung oder ihrer Wohnsituation besser mal unter die Lupe nehmen sollten. Zum Teil ließen die Gesichter der jungen Leute auf Desinteresse schließen, zum Teil waren aber auch Betroffenheit und Nachdenklichkeit wahrzunehmen. Natürlich versicherten sie uns, dass sie uns benachrichtigen würden, wenn ihnen doch noch etwas einfallen sollte. Insbesondere der vermutlich Älteste versuchte, hier eine ernsthafte Überzeugungskraft in seine Worte zu legen, als gäbe es angesichts dieser grausamen Tat nichts Wichtigeres auf der Welt als die Kooperation mit der Polizei. Worte, denen nach unserem Verschwinden sicherlich keine allzu große Bedeutung mehr zugemessen werden würde.

Wir verabschiedeten uns von jedem einzelnen per Handschlag, legten zwei Kärtchen auf die Theke und setzten uns in den Wagen von Jens, der auch dieses Mal die Fahrerrolle übernommen hatte.

Die nächsten zwanzig Minuten verbrachten wir damit, ziellos im Umfeld des Tatorts durch die Gegend zu fahren und nebenbei an verschiedenen Gedanken zu spinnen. Ich vermied es dabei bewusst, über Benjamin Michels zu reden, denn ich wollte mich einfach nur darauf konzentrieren, potenziellen anderen Tätern ein Stück näher zu kommen. Eine Idee, die uns in den Sinn kam, war, dass wir am Montagabend gegen halb elf selbst mal versuchen wollten, zu Fuß aus dem Wohngebiet aufs freie Feld um den Tatort zu spazieren, um dann etwa eine Stunde später anzustreben, möglichst unentdeckt wieder zum Auto zurückzukehren; in der Hoffnung, dass der Montagabend mit dem Donnerstagabend vergleichbar wäre, was das Verhalten der Anwohner betraf. Eventuell wollten wir sogar am Fahrzeug ein Stück Papier anbringen, auf dem sich eintragen sollte, wer den Wagen bewusst wahrnahm. So bekämen wir vielleicht einen Eindruck davon, wie aufmerksam oder neugierig man hier im Blick auf fremde Autos reagierte.

Eine weitere Idee, die im Grunde keine neue, dafür aber eine weiterentwickelte war, wollten wir gleich noch umsetzen. Schließlich hatten wir noch Zeit, es war noch nicht mal siebzehn Uhr. Jens fuhr zu diesem Zweck zurück ins Wohngebiet und dann in eine der Straßen, deren Hausklingeln wir noch nicht geputzt hatten. Bei extrem langsamem Tempo schauten wir uns aufmerksam um und suchten dabei nach dem Haus, das den gepflegtesten Garten hatte, bei dem am besten ein sauber polierter Mittelklassewagen in der Einfahrt stand und wo außerdem der Vorruheständler, der dieses Haus besaß, idealerweise entweder gerade im Garten oder eben am Auto zugange war. Wir nahmen an, dass uns so jemand am ehesten Auskunft über möglichst viele Bewohner der Siedlung geben konnte.

Und tatsächlich sollten wir genau dieses Haus nach kurzer Zeit finden. Ein gepflegtes Einfamilienhaus, das schon einige Jahre auf dem Buckel hatte. Ein frisch gemähter Rasen, in einem insgesamt sauber angelegten Garten. Und in der Einfahrt war ein gesund aussehender Mann um die sechzig gerade dabei, ein Auto zu reinigen.

Er wohne da mit seiner Frau, die gerade im Haus zugange sei, meinte er freundlich. Als ich auf den hübschen, gepflegten Garten anspielte, stellte sich auch heraus, dass er seit zwei Jahren im Vorruhestand wäre und deshalb reichlich Zeit hätte, sich darum zu kümmern. Zwanzig Minuten lang erzählte er uns bereitwillig alles, was wir wissen wollten, und darüber hinaus ebenso das, was uns weniger interessierte. Da er schon seit dreißig Jahren dort wohnte, konnte er uns über sehr viele Familien in der Nachbarschaft Auskunft geben.

Interessant war dabei zum einen, insbesondere weil es mir so selten begegnete, dass er über kaum jemanden schlecht redete, sondern auch negative Dinge immer in einen größeren Zusammenhang stellte, um dafür Verständnis zu entwickeln. Und interessant war zum anderen, dass wir endlich mal einen Treffer landeten und er uns eine Adresse nannte, bei der wir einen jungen Mann antreffen würden, dessen Eltern derzeit verreist wären. Nette Leute, die er schon lange kenne, seien das, meinte er, und auch der Sohn, achtzehn oder neunzehn, sei ihm immer höflich begegnet und offenbar ein guter Junge.

Ich schrieb mir die Adresse auf meinen Notizblock und fragte, zwischen den weiter auf uns einprasselnden unwesentlichen Informationen zu verschiedenen Nachbarn und ihren Problemchen, konkret nach, ob ihm weitere Urlauber aus dieser Siedlung bekannt wären beziehungsweise ob ihm alleine wohnende Personen unter vierzig Jahren einfallen würden. Er konnte zwar keinen weiteren Hinweis dazu geben, verwies uns jedoch auf ein Rentnerpärchen, das zwei Straßen weiter wohnte. Die könnten uns wahrscheinlich noch mehr über die Bewohner dieser Siedlung erzählen als er, gab er lachend an uns weiter.

Wir nutzten diesen Moment dann auch direkt, um uns freundlich bei ihm für seine Informationen zu bedanken, verabschiedeten uns höflich und traten schleunigst den Weg zum Wagen an, um dem netten Mann keine Chance zu geben, nochmals Worte nachzulegen.

Das Problem an der Adresse des Rentnerpaars war, dass Jens dort gestern bereits vorstellig geworden, aber aus unerfindlichen Gründen auf sehr viel Misstrauen gestoßen war, wie er sagte. Er glaube nicht, dass dort noch viel an Hinweisen zu holen sei, meinte er. So einigten wir uns darauf, dass wir stattdessen direkt die andere Adresse aufsuchen wollten, um zu sehen, welch guter Junge dort tatsächlich gerade sturmfrei hatte.

Wir fuhren die paar hundert Meter durch verschiedene Straßen bis zur besagten Adresse und schauten uns auf dem Weg dorthin aufmerksam nach weiteren potenziellen Informanten-Häusern um. Letztlich parkten wir am Straßenrand gegenüber eines unscheinbaren Einfamilienhauses, interessanterweise auch am Rande der Siedlung, jedoch nicht in Richtung des Tatorts.

Jens schaute mich nachdenklich an. „Wonach fragen wir denn, wenn uns überhaupt jemand aufmacht?"

Ich schaute in Richtung des Hauses, ließ meine Blicke durch den pflegeleicht angelegten Garten schweifen und dachte etwas nach, ehe ich antwortete. „Wir sollten vielleicht einfach direkt fragen, ob er Hannah Klamm ermordet hat!" sagte ich mit ernstem Blick, was Jens mir aber nicht länger als eine Sekunde abnahm.

„Ja, klar. Und er gesteht dann sofort. Das wäre nicht schlecht, dann hätten wir Feierabend", gab er mit ironischem Unterton zur Antwort.

„Mal im Ernst. Zunächst dieselbe Strategie wie gestern: Wir fragen, ob ihm etwas Ungewöhnliches aufgefallen ist. Und dann gilt es herauszufinden, ob er tatsächlich alleine zuhause ist und war oder ob er Besuch hatte. Beiläufig sollten wir nachfragen, wie er den Donnerstagabend verbracht hat, mal sehen, wie er darauf reagiert", gab ich den Plan für das Gespräch vor.

Jens nickte und ergänzte dann: „Wir sollten uns aber im Klaren darüber sein, dass wir es hier noch mit keinem Tatverdächtigen zu tun haben, nur weil seine Eltern im Urlaub sind."

„Richtig, wir sollten ihm keinen Grund geben, nervös zu werden. Wenn er wirklich etwas damit zu tun haben sollte, wird er das von ganz alleine", gab ich Jens Recht.

Er ging voran, ich folgte ihm über den kurzen Weg durch den Vorgarten. Es dauerte einen Moment, aber direkt nach dem zweiten Klingeln öffnete sich die Tür und ein junger Mann entgegnete uns ein etwas zurückhaltendes *Hallo*. Braune kurze Haare, braune Augen, bei einer Größe von etwa eins achtzig und sportlicher Figur, so stand Bernd Wilhelm, wie er uns auf Nachfrage wissen ließ, in Jogginghose und T-Shirt vor uns. Wie üblich hatten wir uns zunächst ausgewiesen, was ihn nicht auffällig erkennbar beeindruckte. Wir waren es gewohnt, dass die Leute immer etwas erschrocken und überrascht wirkten, wenn wir uns als Kriminalbeamte offenbarten. Keiner wollte unbedingt mit uns zu tun haben, und darüber war ich im Grunde auch froh.

„Sie haben vielleicht mitbekommen, dass wir bereits gestern hier durch die Straßen gezogen sind, um nach Hinweisen zu den Ereignissen vom Donnerstag zu suchen. Deshalb haben wir nun auch bei Ihnen geklingelt. Wohnen Sie hier alleine?" Ich versuchte, auf diese Weise möglichst locker ins Gespräch einzusteigen.

Er schüttelte direkt den Kopf und antwortete aufgeschlossen, aber eher leise und etwas nervös, wenn mir meine Wahrnehmung keinen Streich spielte. „Ich wohne hier mit meinen Eltern. Die sind allerdings seit Anfang der Woche im Urlaub und kommen auch erst Ende der nächsten irgendwann wieder." Abwechselnd warf er mir und Jens einen Blick zu, um ihn danach wieder ziellos und leer durch die Gegend streifen zu lassen.

„Haben Sie am Donnerstagabend irgendetwas Ungewöhnliches wahrgenommen?" fragte Jens und übernahm das Gespräch.

Kopfschüttelnd zuckte er mit den Schultern und blieb ohne Worte.

„Sind Sie sich ganz sicher? Waren Sie vielleicht mal draußen im Laufe des Abends und haben ein unbekanntes Fahrzeug gesehen oder Fußgänger, die Ihnen fremd vorkamen?" hakte mein Kollege nach.

Bernd Wilhelm zögerte kurz. „Ich war da, glaub ich, nur mal kurz einkaufen, aber das war dann schon früher am Abend. Ab halb acht oder so war ich die ganze Zeit zuhause, hab ferngesehen bis ich ins Bett bin.

Musste ja gestern wieder früh raus wegen der Arbeit. Hab das alles erst dort mitbekommen, als ein Kollege, der auch hier aus Wildberg ist, den anderen davon erzählt hat."

„Was arbeiten Sie denn? Wenn ich das fragen darf?" legte Jens unaufdringlich nach.

„Ich mache eine Ausbildung zum Landschaftsgärtner, bei einem Betrieb in Nagold", kam die Antwort prompt.

Jens nahm es nickend zur Kenntnis.

„Kennen Sie den Bauwagen, der ein paar hundert Meter vom Tatort entfernt weiter draußen auf den Feldern steht?" fragte ich und er nickte unmittelbar.

„Warum?" wollte er dann mit skeptisch fragendem Blick wissen.

„Waren Sie schon mal da? Kennen Sie die Leute, die dort hingehen?" fragte ich nach.

„Keine Ahnung, wann ich das letzte Mal da war. Früher war ich öfter mal draußen, aber seit einiger Zeit nur noch ganz selten. Von daher kenne ich die meisten noch. Es kommen meines Wissens aber inzwischen auch einige von außerhalb", erklärte er.

Kurz machte ich mir sinnlos wenige Notizen auf meinem kleinen Block und fragte dann spontan, während ich ihm in die Augen sah: „Kannten Sie Hannah Klamm, das Opfer?"

Schnell senkte er seinen Blick. So wie es aussah, bereitete ich ihm mit dieser Frage tatsächlich Unbehagen. Mir schien seine ganze Körperhaltung erheblich angespannter zu werden. Oder wollte ich das nur so sehen?

Dann schaute er wieder auf und schüttelte verneinend den Kopf. „Ich hab sie vielleicht ein paar Mal gesehen, aber gekannt hab ich sie nicht." Seine Stimme klang dabei wie zuvor.

Jens und ich wechselten schnell einen Blick und verabschiedeten uns kurz, aber wie immer freundlich, und während wir zurück zum Wagen gingen, schloss sich hinter uns die Tür.

„Zieh jetzt bloß keine voreiligen Schlüsse!" ermahnte mich Jens, während wir in den Wagen stiegen.

Ich schaute ihn etwas spöttisch an, als wir saßen, kommentierte seine Worte jedoch nicht. Beide lehnten wir uns ruhig zurück und Jens machte keine Anstalten, den Motor zu starten.

„Wenn wir schon mal da sind, dann lass uns doch gleich mal bei den Nachbarn vorbeischauen", sagte ich nach wenigen Momenten der Stille, in denen ich versuchte, die eben gesammelten Eindrücke objektiv einzuordnen. Es konnte eine Menge Gründe für seine nervöse Reaktion angesichts der Frage nach seiner Beziehung zu Hannah Klamm geben. Der einfachste war, dass er tatsächlich ein guter Junge war, der nicht abgestumpft darüber hinweggehen konnte, wenn in unmittelbarer Umgebung ein solch grausames Verbrechen stattfand. Selbst wenn ihm das Opfer nur sehr geringfügig bekannt gewesen sein sollte.

Jens stimmte mir zu und so klapperten wir in den nächsten fünfzehn Minuten die unmittelbare Nachbarschaft ab, also die zwei Häuser nebenan sowie die zwei gegenüberliegenden.

Wir vermieden es dabei, selbstverständlich und nicht nur, weil Jens mich vorsichtshalber darauf hinwies, die Aufmerksamkeit der Befragten auf das Haus der Wilhelms zu lenken. Wir hatten definitiv nicht das Recht, den jungen Mann in ein falsches Licht zu rücken und dadurch seinen Ruf möglicherweise irreparabel zu beschädigen, nur weil ich so ein Bauchgefühl hatte. So blieben wir mit unseren Fragen also sehr allgemein beziehungsweise lenkten die Aufmerksamkeit auf das Geschehen innerhalb der Straße. Ergebnislos.

Keine Unbekannten, weder Personen noch Fahrzeuge. Das Auffälligste der Befragung war, dass ich auf dem Weg vom einen gegenüberliegenden Haus zum anderen wahrzunehmen meinte, Bernd Wilhelm würde uns von einem Fenster aus beobachten. Einerseits war ich mir dessen aber nicht ganz sicher, andererseits konnte man auch diese Verhaltensweise erfahrungsgemäß als gewöhnlich einstufen. Aber ich tat mir schwer, die Dinge objektiv zu betrachten, und das machte mir zu schaffen.

Dementsprechend war ich froh, dass ich den Abend nun beim Abendessen mit meinem Sohn verbringen konnte, der mir auf seine ganz besondere Art in mancherlei Hinsicht wahrscheinlich ungefragt helfen konnte, meine Sicht der Dinge zu korrigieren. Er hatte mir wenige Minuten zuvor eine SMS geschickt, dass er meine Einladung zum Essen herzlich gerne annehmen würde.

„Was hat Benjamin Michels mit Matthias Schulte gemein?" fragte Jens in die Stille hinein, als wir gerade Wildberg in Richtung Calw verließen.

Mit hochgezogenen Augenbrauen schaute ich ihn an und stellte zufrieden fest, dass er sich trotz des heißen Eisens, das er damit angefasst hatte, immer noch auf die Straße konzentrierte.

„Und?" legte er hartnäckig nach, nachdem ich nicht gleich darauf eingegangen war.

„Beide sind Einzelkinder", antwortete ich, „und beide haben Eltern, die definitiv nicht alles richtig gemacht haben."

Jens musste lachen. „Und wie viele Eltern gibt es, die alles richtig machen?" Fragend schaute er mich kurz an. „Man sollte nicht meinen, dass jemand wie du, der die Dinge in so vielerlei Hinsicht besser durchschaut als die meisten anderen, doch auch mit solchen Problemen zu kämpfen hat. Glaubst du wirklich, dass eine gelingende Entwicklung deines Sohnes in erster Linie davon abhängt, ob du ein perfekter Vater bist?"

„Na ja, perfekt muss man vielleicht nicht sein, aber eine Scheidung steht in meinen Top-Ten der Dinge, die schlechte Eltern ausmachen, schon ziemlich weit oben", sagte ich.

„Das mag schon sein, dass eine Scheidung nicht ideal ist, aber man muss doch hier noch klarer differenzieren, denke ich, und mit in Betracht ziehen, wie so etwas abläuft, aus welchen Gründen es geschieht und wie letztlich damit umgegangen wird", ergänzte er richtigerweise. „Und so wie ich das in begrenztem Maße mitbekomme, scheint bei deinem Matthias nicht wirklich viel schiefgegangen zu sein, was seine Persönlichkeitsentwicklung betrifft."

„Es scheint so", sagte ich. „Wenn nur mal der Schein nicht trügt", fügte ich nachdenklich an. „Bei Michels schien nach außen auch alles so glatt zu sein."

Wieder schaute Jens mich kurz und etwas erstaunt an. „Du meinst, du kannst das beurteilen? Wenn schon, dann gab es dieses perfekte Bild der Familie vielleicht außerhalb derselben, aber die Mutter hat doch ganz klar angedeutet, dass sie bei ihrem Sohn schon lange bestimmte Probleme wahrgenommen hat. Kannst du im Blick auf Matthias Ähnliches behaupten?"

Ich schüttelte den Kopf, wohl wissend, dass ich mir viele Sorgen machte, wofür Matthias augenscheinlich jedoch keinen Anlass lieferte.

„Also, so gesehen kannst du dir doch jedes Schuldgefühl ersparen. Es gibt nichts, was du an Michels als Wiedergutmachung betreiben müsstest. Zumal es ohnehin nur etwas wäre, was dir und deinem Gewissen helfen könnte, nicht aber deinem Sohn. Michels kann dir von mir aus leidtun, weil sein Vater vielleicht ein Idiot ist, aber nicht, weil du einer bist", grinste er mich an. „Doch nicht mal darunter sollte deine Objektivität den Fall betreffend leiden!"

Wo er Recht hatte, hatte er Recht. Deshalb nahm ich seinen Vortrag auch schweigend, ein wenig schmunzelnd zur Kenntnis.

Und er fuhr fort: „Ich hab absolut nichts dagegen, dass du in Betracht ziehst, Michels könnte die Wahrheit sagen, aber bitte, weil Herz und Verstand dir sagen, dass an der Sache etwas faul ist, und nicht, weil du glaubst, als Vater versagt zu haben."

Damit war für einige Minuten Ruhe im Auto, ehe Jens erneut das Wort ergriff. „So, Herr Kommissar, ich denke, die Zeit hat dir gereicht, um Arbeit und Privates wieder voneinander zu trennen. Wer war es? Michels oder Wilhelm oder jemand ganz anderes?" Spitzbübisch schaute er wieder kurz zu mir herüber.

Er entlockte mir damit ein breites Grinsen, meine Antwort bedachte ich aber noch einen Moment.

„Michels scheidet für mich aus. Auch wenn er uns zuerst belogen hat und auch wenn ich mir nach wie vor schwertue, die abstruse Art und Weise seiner Beziehung zu Hannah Klamm zu verstehen. Es gibt in seiner Geschichte keinerlei Anzeichen dafür, dass er jemals gewalttätig werden würde. Bei allem, was wir von ihm gelesen und gehört haben, sagt mir mein Gefühl, dass er bei einer möglichen Eskalation seiner Gefühle am ehesten sich selbst umbringen würde, anstatt jemand anderen zu bestrafen. Und dass sich hinter alldem ein derart durchtriebener Plan seinerseits für den perfekten Mord verbirgt, das ist mir viel zu weit hergeholt." Ich setzte kurz ab. „Was mir dabei Sorgen macht, ist, dass wir keine einzige echte Spur haben, was die wahren Täter betrifft."

„Und was hältst du von dem jungen Wilhelm?" fragte Jens.

„Was man eben davon halten kann", entgegnete ich. „Wir kennen weder ihn noch sein Umfeld persönlich und das einzige, was ihn zum Verdächtigen macht, sind seine Eltern, die im Urlaub sind, und die Tatsache, dass wahrscheinlich niemand bestätigen kann, dass er am Tatabend wirklich zuhause war. Wahrscheinlich gibt es noch hundert andere wie ihn, die wir genauso in einen Kreis der Verdächtigen aufnehmen könnten, ohne jede echte Begründung."

„Tja, das heißt dann, wir begeben uns morgen erneut auf Spurensuche, so lange, bis wir etwas finden", sagte Jens entschlossen.

Ich nickte. „Wir sollten uns dieses Rentnerpärchen vornehmen, auf das wir vorhin verwiesen wurden. Auch wenn sie dir gegenüber nichts von sich gegeben haben, vielleicht sind sie sonntags redseliger."

Den Rest der Fahrt schwiegen wir einander an, jedoch ohne dass es einem von uns unangenehm wurde, so gut kannten wir uns. Als Jens mich am Kommissariat absetzte, hatten wir uns bereits für dreizehn Uhr dreißig des nächsten Tages verabredet.

Inzwischen war es Viertel nach sechs. Ehe ich zu meinem Wagen ging und mich auf den Heimweg machte, holte ich in meinem Büro schnell den Aktendeckel mit Benjamin Michels' Geschichte. Zuhause stellte ich mich dann zunächst ausgiebig unter die Dusche, wo ich mich natürlich erneut meinen Gedankenspielen bezüglich des Falles hingab. Doch wie ich die Sachlage drehte und wandte, es brachte mich nicht weiter und so landete ich letztlich wieder bei Benjamin Michels, den ich keine Stunde zuvor noch deutlich als Täter ausgeschlossen hatte. Hatte ich wirklich ausreichend Gründe für diese Annahme? War es tatsächlich möglich, dass jemand, der so besessen am Wunsch der Zuneigung einer bestimmten Frau hing wie er, dauerhaft widerstehen konnte, seiner Frustration freien Lauf zu lassen? Und wenn mir Benjamin Michels wirklich leidtat, warum dann eigentlich? War ich so dermaßen in der Vorstellung gefangen, meinem Sohn ein schlechter Vater gewesen zu sein, dass ich meinte, hier etwas gutmachen zu müssen? Die Situation war ja aber im Grunde eine etwas andere. Familie Michels war schließlich noch intakt. Sicherlich war der Vater mit einer Verhaltensweise ausgestattet, die besser überarbeitet werden sollte, aber war er die wesentliche Ursache für Benjamins Probleme oder lag dabei nicht eher eine Verkettung mehrerer unglücklicher Umstände vor? Eine Verkettung, die meinem Sohn glücklicherweise erspart geblieben war? Oder hatte Matthias im Vergleich zu Benjamin eben einen Weg gefunden, damit umzugehen? Aber warum sollte Matthias etwas gelingen, was Benjamin nicht gelang? Benjamins äußere Umstände waren doch nicht so schlecht. Hätte er sich nicht irgendwann einfach von zuhause lösen und seinen eigenen Weg gehen müssen? Und wenn es in der Vergangenheit auch Dinge gegeben haben mag, die ihm zu schaffen machten, musste er nicht irgendwann an einen Punkt kommen, an dem er damit abschloss und stattdessen nach vorne sah? Er klammerte sich jedoch die ganze Zeit an eine uralte Geschichte um Hannah Klamm, die unbedingt einen Abschluss brauchte. Hatte es diesen wirklich gebraucht? Warum hatte er nicht irgendwann einfach einen Schlussstrich gezogen? Dann ginge es ihm heute wahrscheinlich besser und Hannah Klamm wäre noch am Leben. Egal, ob er es selbst war oder nicht: kein Treffen, keine Leiche.

Etwa eine halbe Stunde später holte ich meinen Sohn bei seiner WG ab und fuhr mit ihm zu unserem Lieblingsitaliener. Für mich würde es schon wieder Pizza geben, das war mir klar und machte mir nichts aus, ganz im Gegenteil. Wofür sich Matthias entscheiden würde, keine Ahnung.

13

Gemütlich saßen wir in einer etwas ruhigeren Ecke des Lokals, das an diesem Abend gut besucht war, wie meistens. Dort genossen wir bei freundlichster und zuvorkommender Bedienung ein Gläschen Rotwein, Pizza und Lasagne sowie nicht zuletzt den bloßen gemeinsamen Zeitvertreib. Bis nach dem Essen, das allerdings zügig vor uns stand, sprachen wir ausschließlich über Dinge, die uns amüsierten oder aufregten, an denen wir aber auch nichts ändern konnten. Wir wunderten uns über Politiker und deren mangelnden Sinn für die Realität, spotteten über B-Promis, die sich an widerwärtige Fernsehshows verkauften, und lachten letztlich über uns selbst, als wir uns gegenseitig klarmachten, was wir für Böcke schießen würden, wenn wir selbst Bundeskanzler oder Programmdirektor wären.

Zwischendurch hatte ich immer mal wieder ein paar Sekunden Zeit, um zu realisieren, wie gut mein Verhältnis zu Matthias doch war und welch zufriedenen Eindruck er insgesamt machte. Es schien nicht aufgesetzt zu sein, dass er trotz des Bruches innerhalb der Familie wirklich ein glückliches Leben führte.

Irgendwann wechselte Matthias völlig unvermittelt das Thema. „Was macht denn eigentlich euer Fall, hast du ihn bereits geknackt?" fragte er neugierig.

Ich atmete hörbar aus, lehnte mich mit erhobenen Augenbrauen zurück und schaute mit etwas verkniffenem Lächeln zu meinem Sohn, der sich nach vorne beugte, sich mit verschränkten Armen auf dem Tisch abstützte und seiner Frage durch seinen leicht grinsenden Blick Nachdruck verlieh.

Dann schüttelte ich den Kopf.

„Wie? Ihr seid doch nicht etwa komplett in einer Sackgasse?" legte er nach. „Keine heiße Spur? Kein Mensch, der etwas gesehen hat? Kein Geständnis des vermeintlichen Täters? Nichts? Das glaub ich jetzt echt nicht!"

Mit zusammengekniffenen Lippen nickte ich dieses Mal und ließ danach wieder einen Moment verstreichen, ehe ich etwas sagte. „Das Gesamtbild, das sich uns präsentiert, ist für mich einfach nicht stimmig. Die eine Geschichte, die wir verfolgen, bietet klare Indizien, aber keinen Täter, der mir passt. Die andere Geschichte, der wir nachgehen, wäre für mich stimmiger, aber da fehlt es nicht nur am Täter, sondern auch an den Spuren."

„Das heißt, ihr habt eigentlich einen Täter. Nur dass du nicht daran glaubst, obwohl alles gegen ihn spricht?" fragte Matthias.

Wieder nickte ich und zog dabei die Augenbrauen hoch.

„Der Verdächtige, ist das der, von dem du mir gestern erzählt hast?" fragte er weiter und wieder bestätigte ich nickend, was er stumm zur Kenntnis nahm.

„Er bereitet mir echtes Kopfzerbrechen", begann ich nach einigen Momenten. „Nachdem wir ihn gestern Nachmittag ausführlich vernommen hatten, war eigentlich klar, dass er zwar ein Mensch mit ernstzunehmenden Problemen war, aber unmöglich der Täter sein konnte. Und keinen ganzen Tag später stellte sich heraus, dass er Spuren auf der Tatwaffe hinterlassen und uns im Verhör belogen hat." Schulterzuckend sah ich meinem Sohn in die Augen. „Und trotzdem scheidet er für mich als Täter aus."

„Warum?" wollte Matthias kurz angebunden wissen.

„Na ja, er macht auf mich einen so dermaßen niedergeschlagenen und frustrierten Eindruck, dass ich ihn schlicht für zu intelligent halte, ernsthaft glauben zu können, er könnte diese persönliche Situation verbessern, indem er jemanden umbringt. Und da ich ihn für so schlau halte, gibt es auch keinen Grund, warum jemand wie er überhaupt ein Messer ähnlich der Tatwaffe mit sich herumtragen sollte. Wenn sie erschlagen worden wäre, sähe das alles wieder anders aus, aber vermutlich nicht mal dann könnte ich mich damit arrangieren, dass er tatsächlich der Täter sein sollte. Er würde sich eher selbst umbringen, doch dafür scheint er mir wiederum nicht egoistisch genug zu sein."

Nachdenklich saßen wir wieder einige Momente in aller Stille beieinander, nahmen lediglich einige Schlücke aus unseren Gläsern.

„Ich vermute, du verstehst immer noch nicht wirklich, warum es einem Menschen, der doch offenbar alles zu haben scheint, so schlecht gehen kann. Oder?" ergriff Matthias das Wort.

Der Blick meines Sohnes während dieser Frage verriet, dass er mir gleich eine Theorie dazu liefern würde. Man konnte es ihm förmlich ansehen. Ich war gespannt darauf, denn obwohl ich mir des weit verbreiteten Phänomens des Missverhältnisses zwischen Lebensumstand und Lebensgefühl bewusst war, konnte ich nicht wirklich verstehen, wie es in eine derartig extreme Schieflage wie bei Benjamin Michels geraten konnte.

„Ich hab mir einige Gedanken dazu gemacht", setzte er fort, ohne weiter eine Antwort meinerseits abzuwarten. „Und mir sind einige Dinge dabei in den Sinn gekommen."

Mit einem sanften Lächeln schaute er mich an und registrierte meinen interessierten Blick, der ihn dazu veranlasste direkt fortzufahren. „Im Laufe meiner ganzen Überlegungen bin ich unter anderem an der Frage hängen geblieben, inwiefern man jemanden, der sich trotz makelloser Lebensumstände extrem schlecht fühlt, mit jemandem wie Hiob vergleichen kann, der ja nach außen hin offensichtlich alle Gründe hatte, sich schlecht zu fühlen. Im ersten Moment könnte man meinen, dass sich ein solcher Vergleich eigentlich verbietet, weil er gegenüber demjenigen, dessen Situation offensichtlich furchtbar ist, absolut ungebührend erscheint. Grob gesagt: Derjenige, der Wohlstand erfährt, der soll sich gefälligst auch gut fühlen, und derjenige, dem Leid widerfährt, der hat auch das Recht, sich schlecht zu fühlen. Logisch, oder?"

„So weit kann ich dir noch folgen", erwiderte ich.

„Wenn es nun aber passieren sollte, dass jemand aus unerklärlichen Gründen, seien sie physischer Natur oder das Resultat einer negativen Verkettung von Erfahrungen, trotz der besten Lebensumstände quasi in die Depression verfällt, dann müsste es sich bei besagtem Vergleich meines Erachtens umgekehrt eigentlich gleichermaßen verhalten. Wenn ich einem unbegründet depressiven Menschen vorhalten würde, es ginge ihm immer noch besser als Hiob, dem alles genommen wurde, dann wäre dies ein Vergleich, der dem Depressiven ebenso nicht im Geringsten gerecht würde."

Fragend schaute ich ihn an, während er einen Schluck seines Weines nahm.

„Liegt doch auf der Hand", setzte er fort. „Was ist denn schlimmer? Sich schlecht zu fühlen und nach außen auch so zu wirken, für dieses Verhalten aber Verständnis zu empfangen, weil es durch die Umstände offensichtlich legitimiert ist? Oder aber, sich schlecht zu fühlen, mit dem Leben nicht zurechtzukommen, es jedoch kein bisschen anhand der Umstände erklären zu können, ja, im Grunde überhaupt keine Erklärung dafür zu haben, und dementsprechend in dieser Situation auch nicht verstanden zu werden?"

Ich verstand und nickte seine Erklärung mit nachdenklicher Miene ab.

Er lehnte sich zurück und ergänzte: „Beide leiden, aber beim einen können wir es offensichtlich nachvollziehen, beim anderen nicht. Der eine erfährt Verständnis und bekommt oft Hilfe angeboten, ohne dass er danach fragen muss. Der andere bleibt unverstanden, leidet deshalb lieber heimlich und macht sich gewiss nicht selbst auf die Suche nach Hilfe, weil er sein Leiden gar nicht erklären kann, obwohl er aber dringend Hilfe bräuchte."

Wieder folgte eine kurze nachdenkliche Pause, die jedoch dieses Mal von mir beendet wurde. „Ich denke, da haben wir noch einiges zu lernen. Wenn ich dich richtig verstanden habe, geht es ja nicht um die Frage, ob man mit oder ohne Grund mehr leidet oder was nun schlimmer ist, sondern darum, dass es neben dem einfach nachvollziehbaren Leiden eben mit der Depression auch ein Leiden gibt, das weniger leicht zu verstehen ist und daher vergleichsweise gesellschaftlich einen schlechteren Stellenwert hat. Dabei muss es eigentlich genauso ernst genommen werden und darf keineswegs als harmlos abgetan werden."

Ich war froh, dass Matthias meine Reaktion mit einem Nicken absegnete, ehe er wieder das Wort ergriff. „Ich kann dir zwar nicht erklären, wie es bei eurem Verdächtigen zur Depression an sich kam, wenn er denn darunter leiden sollte, aber es ist doch immerhin ein guter Ansatz zur Erklärung, welche große Problematik für den Depressiven mit seiner Situation verbunden ist und warum man da letztlich nicht einfach ohne Weiteres wieder herauskommt, auch wenn drumherum alles Friede, Freude, Eierkuchen scheint."

„Wirklich ein guter Gedanke", ließ ich meinen Sohn wissen, „und er bestätigt übrigens, was unser Verdächtiger im Verlauf der Vernehmung uns zu erklären versuchte. Er meinte, er würde im ständigen Gefühl leben, zwar scheinbar alles zu haben, eben abgesehen vom Zugriff darauf, unerklärlicherweise. Verbunden mit genau der Problematik, es niemandem erklären zu können, weil niemand das Unverständliche verstehen würde."

Ich goss mir zwischendurch ein Glas Wasser ein. Matthias verzichtete darauf, er war noch mit seinem Wein beschäftigt, den er sehr gemütlich vor sich hin schlürfte.

„Ich denke, grundsätzlich kann es für eine Depression viele Ursachen geben", sagte Matthias. „Rein physische soll es ja auch geben, wobei ich mich da überhaupt nicht auskenne. Keine Ahnung, welche Botenstoffe im Gehirn da aus welchem Grund auch immer ihre Arbeit einstellen."

„Ein klein wenig leichter nachzuvollziehen ist es halt schon, wenn es dann doch äußere Einflüsse gibt, die irgendwie in der Summe das Fass zum Überlaufen bringen. Stress, Erwartungshaltungen, Perfektionismus,

Ängste, negative Erlebnisse, was auch immer", ergänzte ich.

„Und trotzdem für den Außenstehenden oft kaum vorstellbar", stellte Matthias klar.

„Denk nur mal an Robert Enke, unseren Nationaltorwart", kam es mir in den Sinn, „der sich vor ein paar Jahren das Leben nahm. Kein Außenstehender hätte sich das im Traum vorstellen können. Und da zeigte sich ja im Nachhinein auch, welche scheinbar unlösbaren Probleme er damit hatte, seine Krankheit öffentlich werden zu lassen. Stattdessen nahm er sich das Leben. Eigentlich unvorstellbar."

„Ich hab ja keine Ahnung, was sich da wie wirklich abgespielt hat, aber es stellt sich alles in allem für mich so dar, als gäbe es noch erheblichen Nachholbedarf für uns, was die Problematik von Depressionen und den Umgang mit Betroffenen betrifft", antwortete Matthias mahnend. „Muss es nicht möglich sein, dass man als Mensch, der unter dieser Krankheit leidet, Hilfe suchen und finden kann, ohne Angst davor haben zu müssen, in irgendeiner Form bloßgestellt zu werden beziehungsweise sich vielleicht auch nur bloßgestellt zu fühlen?"

Ich fand es erstaunlich, mit welcher Weitsicht Matthias über die Dinge nachdachte und wie plausibel seine Argumentation zu sein schien. Auch wenn er wahrscheinlich mit seinen Überlegungen nicht alle Aspekte des Themas abdeckte, seine Ansichten waren zweifelsfrei bedenkenswert.

„Was ging dir seit gestern sonst noch durch den Kopf?" fragte ich nach einer kleinen Pause neugierig.

Matthias senkte kurz seinen Blick, schaute mich dann seine Gedanken sortierend wieder an. „Ich hab schon vor etwas längerer Zeit ein Buch gelesen und bin dort auf eine Sache gestoßen, die mich seither immer wieder beschäftigt. Hast du schon mal etwas von Adrian Plass gehört?" fragte er und ich schüttelte den Kopf.

„Das ist ein christlicher Autor, aus England, und das Buch, um das es geht, ist ein Andachtsbuch mit kurzen Impulsen und Gedanken für jeden Tag eines Jahres. Ich hab es mal von Freunden geschenkt bekommen. In einer der Andachten erzählt er jedenfalls von einer Begegnung mit einem Redner, ich glaube, es war auch ein bekannter Theologe oder Autor, kann mich nicht so genau daran erinnern. Aufgrund seiner Gedankenspiele, die er in dem Zusammenhang hatte, ist es recht witzig, wie er von dieser Begegnung erzählt. Aber letztlich ist das, was ihm dieser Redner dann am Ende des persönlichen Gespräches sagt, das, was bei mir wirklich hängen blieb und mich zum Nachdenken brachte. Sagt dir der Bibelvers *Die Wahrheit wird euch frei machen* etwas?"

„Hab ich schon mal gehört", antwortete ich knapp.

„Steht im Johannes-Evangelium. Der Redner sagte zu Plass, dass man das Wort *Wahrheit* in diesem Vers auch anders übersetzen könne, nämlich mit *Wirklichkeit*. Der Vers hieße dann eben *Die Wirklichkeit wird euch frei machen*." Er hob kurz die Augenbrauen und schaute mich prüfend an, ob ich ihm folgen konnte.

„Und?" regte ich seine Fortsetzung an.

„Na ja, es geht um die Frage, was einen Menschen frei macht. Und jetzt stehen zwei Möglichkeiten im Raum: die Wahrheit und die Wirklichkeit. Man kann da wahrscheinlich ewig darüber philosophieren, aber in meinem Begriffsverständnis gibt es einen Unterschied zwischen Wahrheit und Wirklichkeit. Die Wahrheit ist für mich absolut und unumstößlich und entweder kenne ich sie oder ich kenne sie nicht. Die Wirklichkeit dagegen ist für mich eben das, was ich kenne. Was ich sehe, was ich erlebe, erfahre und wahrnehme, existiert für mich. Es ist die Wirklichkeit, in der ich lebe. Aber es muss deshalb noch nicht die Wahrheit sein. Ich kann dir zum Beispiel erzählen, ich hätte eine Freundin", sagte er grinsend, „kann dir sogar ein Bild zeigen und beschreiben, wie nett sie ist. Für dich wird es dann zur Wirklichkeit, dass ich eine Freundin habe, aber die Wahrheit wäre es nicht."

Ich grinste zurück. „Das Beispiel ist schlecht, denn ich würde deine Lüge durchschauen, aber ich verstehe, was du meinst. Wahrheit ist demnach etwas Absolutes, Wirklichkeit eher etwas Relatives."

„Ja, genau, in diese Richtung geht es", gab er zufrieden von sich. „Bleibt immer noch die Frage, was denn nun frei macht. Und die Antwort, die ich mir zurechtgelegt habe, gilt in erster Linie mal im Blick auf den Glauben an Gott. Es geht um die Frage, was passieren muss, damit Glaube eine spürbar befreiende Wirkung im Leben hat. Und an der Stelle reicht mir Wahrheit alleine nicht aus. Die Wahrheit zu kennen, ist zu wenig."
Voller Überzeugung schaute er mich an. „Meine Ant-

wort heißt: Die Wahrheit muss zur Wirklichkeit werden! *Zur Wirklichkeit gewordene Wahrheit wird euch frei
machen*, so müsste es meiner Meinung nach heißen. Es
reicht nicht, zu wissen, dass Gott mich liebt, es muss zu
meiner Wirklichkeit werden, in der ich lebe, dann be-
freit es mich. Wenn ich es nur weiß, es sich aber in meinem Leben nicht wiederfindet, dann bedrückt es mich
sogar eher."

„Und was hat das jetzt mit dem Thema Depression
zu tun?" fragte ich ihn, obwohl es sich mir bereits zu
erschließen begann.

„Na ja, ich könnte mir vorstellen, dass dies eben für
viele Depressive das entscheidende Problem darstellt,
dass die Wahrheit ihrer oft positiven Lebensumstände
für sie eben nicht die Wirklichkeit ist. Und dass ihnen
der Schlüssel fehlt, die Wahrheit zur Wirklichkeit werden zu lassen, selbst wenn sie die Wahrheit bestens
kennen. Robert Enke zum Beispiel kannte doch sicherlich die komfortable Situation, in der er sich befand,
und trotzdem lebte er vermutlich in einer anderen
Wirklichkeit, die ihn bedrückte. Wenn die Wahrheit für
ihn zur Wirklichkeit geworden wäre, welche Sorgen
hätte er sich dann machen müssen?"

„Und was ist der Schlüssel für diesen Schritt?" wollte
ich wissen.

Er lachte kurz auf. „Wenn ich das wüsste, wäre ich
vermutlich ein gemachter Mann."

„Nein, im Ernst. Was ist denn zum Beispiel im Glauben das Geheimnis? Wie wird die Wahrheit zur Wirklichkeit?" fragte ich nach.

Er schüttelte den Kopf. „Dafür gibt es meines Erachtens kein Rezept. Es geht darum, etwas zu glauben, etwas für sich anzunehmen, und sich voll und ganz darauf einzulassen. Und je besser es einem gelingt, je größer quasi der Glaube wird, desto befreiter wird man sein Leben erleben."

„Aber wie vielen gelingt das denn?" provozierte ich Matthias. „Lässt denn dein liebender Gott nicht viele seiner Glaubenden irgendwo zwischen der Wahrheit und der Wirklichkeit hängen?"

Er nickte, als hätte er nur darauf gewartet. „Das ist ja die typische Frage, die man einem Christen immer vorhalten kann, wenn er von einem liebenden Gott erzählt. Warum lässt er es zum Beispiel zu, dass ein Depressiver sich das Leben nimmt und damit ja auch ein Stück weit das Leben derer, die drumherum damit zu tun haben? Anstatt dass er ihm einfach die Augen für die Wahrheit öffnet und ihn rettet. Wahrscheinlich gibt es ja sogar depressive Christen, die sich das Leben nahmen. Und das hat ja schließlich mit Liebe nichts zu tun. Aber es ist dieselbe Problematik hinter dieser Frage, es geht um Wahrheit und Wirklichkeit." Er besann sich einen Moment. „Unsere Wirklichkeit ist, dass wir tagtäglich mit Unglück und Leid konfrontiert werden, die Wahrheit, die uns die Bibel vermittelt, ist aber nicht, dass Gott uns das alles zu Lebzeiten wegnehmen will oder kann, sondern eben erst danach. Es gibt ein Leben nach dem Tod, das alles, was hier und heute geschieht, vergessen machen wird. Und daran zu glauben, darum geht es. Diese Wahrheit ist hier definitiv befreiend, aber im schlimmsten Fall werde ich das eben erst am Tage meines Todes auch feststellen. Wenn es jedoch so sein sollte, dass diese Wahrheit bereits heute für jemanden zur Wirklichkeit wird, dann wird derjenige das befreiende Gefühl auch heute schon erfahren. Aber eben nicht, weil es kein Leid mehr gibt, sondern weil er dann einfach weiß, dass es mehr gibt als das Hier und Heute und dadurch alles, was heute ist, relativiert wird."

Matthias konnte mir deutlich ansehen, dass ich damit noch nicht zufrieden war und wartete auf meinen Konter.

„Aber könnte Gott nicht schon jetzt einige Dinge gerade rücken, ein paar Katastrophen verhindern, Krankheiten heilen? Warum lässt er so viele Leiden heute zu? Auch bei Hiob hat er doch letztlich eingegriffen, oder nicht?" fragte ich.

„Aber bei Hiob haben dennoch auch einige Menschen ihr Leben verloren", antwortete er spontan und ließ dann einen Moment verstreichen. „Ich bin ja nicht allwissend, wie du weißt", lachte er, „kann deshalb auch nicht alle Fragen beantworten und ich will auch nicht behaupten, dass ich dort, wo ich es versuche, nicht auch daneben liegen könnte. Jedenfalls sagt mir meine Wahrheit, die leider nicht immer meine Wirklichkeit ist, dass wir Menschen für so ziemlich jedes Unglück auf irgendeine Weise auch selbst die Verantwortung tragen. Das beschert uns zahlreiche Katastrophen, aber Gott lässt uns darin nicht allein. Nur ist sein Weg dabei meist nicht der, den wir aufgrund unseres extrem kurzsichtigen und begrenzten Denkens gerne hätten, eben dass er mal kurz vorbeischaut und unsere Probleme löst. Sein Weg ist vielmehr einer, den wir oft nicht verstehen, der aber letztlich eine sensationelle Perspektive bietet." Er zuckte kurz mit den Schultern. „Uns geht es doch im Wesentlichen um uns selbst und die siebzig oder achtzig Jahre auf der Erde, Gott dagegen geht es um alle Menschen und eine ganze Ewigkeit. Wenn ich nun an seinen Weg glauben kann, dann brauche ich es schlicht und ergreifend nicht, dass Gott ins Hier und Heute eingreift." Entspannt lehnte er sich zurück. „Kann ich diesen Weg nicht annehmen, obwohl ich an Gott glaube, dann ist das ein Problem, aber ich denke, kein ewiges. Und wenn ich nicht an Gott glauben will, weil er so grausam zu sein scheint, dann hab ich vielleicht sein Anliegen leider überhaupt nicht verstanden."

Ich nahm es zur Kenntnis und schwieg, während sich unsere Blicke trafen.

„Wie gesagt, ich tue mir selbst oft genug schwer damit. Unsere Wirklichkeit lässt sich in vielerlei Hinsicht nicht gerade einfach durch die Wahrheit verdrängen", sagte er abschließend.

Beide nahmen wir einen Schluck aus unseren Gläsern. Ich schaute mich kurz im Lokal um, es war immer noch gut gefüllt und dementsprechend herrschte auch ein ständiger, aber erträglicher Lärmpegel, im Wesentlichen erzeugt durch Gespräche, wahrscheinlich aber in den wenigsten Fällen mit ähnlich geartetem Tiefgang wie bei unserem.

„Ich glaube, wir sind vom Thema abgewichen", meinte Matthias.

Ich schmunzelte. „Das würde ich so nicht sagen", lautete meine Antwort. „Ich höre dir gerne zu, auch wenn ich dir vielleicht in den theologischen Bereichen nicht immer ganz folgen kann. Vielleicht erschließt sich mir das irgendwann ja noch."

„Man soll die Hoffnung nie aufgeben", erwiderte Matthias grinsend.

Beide lehnten wir uns entspannt und gut gelaunt zurück.

„Wir haben also bei der Depression ein Problem mit Wahrheit und Wirklichkeit?" sagte ich nach einigen Augenblicken.

„Das wäre mein wesentlicher Ansatz, den ich aber natürlich nicht wissenschaftlich fundiert begründen kann", kam die Antwort.

„Würde aber tatsächlich die Situation erklären, in der sich unser Verdächtiger befindet. Bei ihm scheint sich zwischen Lebensgefühl und Lebensumständen fast schon ein ganzer Canyon zu befinden. Und er hat uns ja auch klargemacht, dass ihm das völlig bewusst ist, er es aber dennoch nicht auf die Reihe kriegt. Allerdings hat er bislang auch noch keine professionelle Hilfe erfahren", fasste ich Michels' Problematik zusammen.

„Die solltet ihr ihm dringend nahelegen. Ich könnte mir schon vorstellen, dass es eine Reihe guter Ansätze gibt, um bei der Korrektur des Denkens behilflich zu sein, vielleicht tatsächlich auch mithilfe von Medikamenten", erwiderte Matthias, was ich mit einem Nicken stillschweigend quittierte.

Genau das würde ich auch tun, zur rechten Zeit. Zuerst war aber der Fall noch zu klären und ich hoffte immer noch, dass sich irgendeine Tür auftun würde, hinter der sich uns unumstößliche Tatsachen präsentieren würden; solche, die gleichzeitig Benjamin Michels entlasteten.

„Was habt ihr jetzt vor? Wie werdet ihr den Fall lösen?" riss mich mein Sohn aus diesem kurzen Abschweifen in meine Gedanken.

„Hm, keine Ahnung, ganz ehrlich. Wenn der Verdächtige nicht überraschend gesteht oder wir nicht aus dem Nichts eine brandheiße Spur entdecken, dann wird es darauf hinauslaufen, dass der Staatsanwalt darüber entscheiden muss, ob er aufgrund der Indizien Anklage erhebt oder nicht. Und egal wie dann der Richter entscheiden wird, es würde wohl immer eine Wirklichkeit bleiben, von der wir nicht mit Gewissheit sagen könnten, ob sie auch der Wahrheit entspricht." Obwohl es mir nicht gefiel, was ich sagte, musste ich am Ende angesichts der Wortwahl doch etwas schmunzeln.

„Falls ihr meine Hilfe braucht, meldet euch einfach", grinste Matthias.

„Mit Sicherheit", ließ ich ihn deutlicher schmunzelnd wissen.

Wenige Augenblicke danach wechselte ich das Thema und fragte Matthias noch ein wenig über sein Studium, seine WG und seine Zukunftspläne aus. Da wir uns ja nicht allzu spät verabredet hatten, wurde es letztlich auch nicht extrem spät, ehe wir uns auf den Heimweg machten. Kurz vor zweiundzwanzig Uhr war ich wieder zuhause und freute mich über die gute und durchaus auch anregende Zeit, die ich mit Matthias verbringen durfte. Während er sich jetzt mit seinen WG-Kameraden sicherlich noch die eine oder andere Stunde um die Ohren schlagen würde, beschloss ich, dass es für mich das Beste wäre, bald den Weg ins Bett zu finden. Meinen Kopf versuchte ich dabei abzuschalten, was mir tatsächlich auch gelingen sollte.

14

Rund neun Stunden hatte ich geschlafen, als ich gegen acht Uhr aufwachte. Die Vorhänge in meinem Schlafzimmer waren zugezogen, aber aufgrund der Helligkeit und vereinzelt eindringender Sonnenstrahlen konnte ich leicht erahnen, dass es draußen bestes Wetter zu sein schien. Obwohl es gerade mal eine Nacht war, von Donnerstag auf Freitag, die mich kaum zur Ruhe hatte kommen lassen, hatte ich diesen tiefen, festen und ungestörten Schlaf der letzten Stunden dringend gebraucht. Es tat mir einfach nicht mehr gut, dermaßen aus dem Rhythmus geworfen zu werden.

Ich merkte, während ich entspannt auf dem Rücken lag und die Stille genoss, wie sich ein Gedanke zur Arbeit einschleichen wollte, beschloss daraufhin jedoch, meinen Kopf noch etwas länger abzuschalten und verdrängte den Gedanken erfolgreich. Gemütlich aufstehen, in aller Ruhe in den Tag starten und ausgiebig frühstücken, das war die Devise. Danach war dann wieder genug Zeit, um mir den Kopf zu zerbrechen.

Nach einem Frühstücksei, drei Scheiben Toast sowie einem Brötchen mit Butter und Marmelade, stolperte ich während der dritten Tasse Kaffee beim wiederholten Lesen der gestrigen Zeitung dann doch wieder über die entsprechenden Berichte in Gedanken hin zu unserem Fall. Ob man uns morgen vorhalten würde, dass wir Benjamin Michels hatten gehen lassen, obwohl er es doch gewesen sein musste, weil wir ihn ja schon bald wieder verhaftet hatten? Und wie sie wohl mit ihm als vermeintlichem Täter umgehen würden, fragte ich mich. Sicherlich sollten wir einiges über ihn erfahren, was nicht wirklich jeder wissen musste oder zu wissen brauchte. Hiob konnte echt froh sein, dass es zu seiner Zeit keine derartig abgefahrene Medienlandschaft gab, wie sie heute vorzufinden war. Was dann wohl für Wäsche gewaschen worden wäre, die irgendjemand extra schmutzig gemacht hätte, nur damit sie eben gewaschen werden konnte. Und Hiob stand noch nicht mal unter dem Verdacht, jemanden umgebracht zu haben, er war einfach nur abgestürzt. Vielleicht sollte ich morgen einfach gar keine Zeitung lesen.

Ich ging mit dem Rest meines Kaffees ins Wohnzimmer, ließ mich auf dem Sofa nieder, lehnte mich zurück und nahm einen Schluck aus der Tasse. Auf dem Couchtisch lag die Akte mit der von Michels niedergeschriebenen Geschichte seiner Beziehung zu Hannah Klamm. Nie wäre ich drauf gekommen, dachte ich mir, irgendwelche Liebesgeschichten meiner Jugend schriftlich festzuhalten. Bewegt hatte mich auch einiges, aber glücklicherweise war ich davon verschont geblieben, zu sehr darin gefangen zu werden. Alles in allem konnte und musste ich mich angesichts meiner gesamten Lebensgeschichte wirklich glücklich schätzen. Auch wenn manches schiefgelaufen war und sich nicht wie erwartet und erhofft entwickelt hatte, es ging mir heute doch überdurchschnittlich gut. Ich nahm mir vor, das nicht so schnell wieder zu vergessen.

Dann nahm ich mir Michels' *Roman* vor und erinnerte mich daran, wie er seine Erzählung begonnen hatte; wie er beschrieb, wie er einst im Schulbus in Hannah Klamms Bann gezogen wurde und sich fortan vieles in seinem Denken nur noch um sie drehte.

…

Wo die Möglichkeit bestand, ihr zu begegnen, sie zu sehen, da erhoffte ich sie mir. Wo ich sie in meiner Nähe vermutete, da suchte ich sie. Und wo ich sie gefunden hatte, da schaute ich sie an und brannte sie mir ins Gedächtnis ein, um Stunden, Tage oder in den Ferien gar Wochen ohne ihren Anblick überstehen zu können.

Sie hat es nie bemerkt, zumindest glaube ich, dies zu wissen, denn es gab nie auch nur ein einziges Anzeichen dafür. Überhaupt, keiner hat es je bemerkt und keiner sollte es be-

merken. Auch habe ich damals keinem davon erzählt, weder einem meiner Freunde und am allerwenigsten ihr selbst. Sie war fantastisch, aber wer oder was war ich? Ich war niemand, allerhöchstens einer von vielen. Und da mir die Hoffnung, sie könnte sich für mich interessieren, angesichts der verschiedenen Welten, aus denen wir scheinbar kamen, zu verwegen erschien, durfte und konnte es keiner bemerken. Hätte sie, oder irgendjemand sonst, mich meiner Gefühle wegen ausgelacht, ich hätte es nicht ertragen.

Und so habe ich sie zwar gesucht, jeden Tag aufs Neue, aber aufgrund meiner Einschätzung der Gesamtsituation immer nur in dem Rahmen, den mir mein bisheriges Leben ermöglichte, denn um keinen Verdacht zu erregen, musste ich dieses ja nach außen hin unverändert fortsetzen. Ich habe ihr nachgesehen, wo und wann immer es ging und mehr als nur einmal habe ich mir vorgenommen, ihr in die Augen zu schauen, würde sie mir ihren Blick schenken. Doch sah sie mich an, sah sie überhaupt nur in meine Richtung, sah ich weg. Ich hatte keine Chance. Sie war das Ziel meiner Sehnsucht, ich dachte unentwegt an sie, aber tun, tun konnte ich nichts. Nichts, außer sie zu suchen, wenn mich keiner zur Kenntnis nahm. Nichts, außer von ihr zu träumen, wenn ich sonst nichts zur Kenntnis nehmen musste. Und zu meiner größten Sorge wurde schnell, was sich dann auch leider über viele Jahre hin bewahrheiten sollte, dass nämlich auf diese Weise, logischerweise, überhaupt nichts passieren würde.

Ich hatte sie für mich entdeckt, hatte begonnen, von ihr zu träumen und es war mir durchaus klar, dass meiner Sehnsucht damit nicht auf Dauer Genüge getan war. Irgendwann würde ich logischerweise mehr wollen, als nur von ihr zu träumen, doch der Gedanke, sie anzusprechen, war und blieb bis auf Weiteres absurd. Und so wurde sie zu dem Traum, der es mir lange Zeit kalt über den Rücken laufen ließ, wenn ich morgens aufwachte und mich an die Nacht erinnern konnte. Sie wurde zu dem Traum, der mich quälte, weil er so unheimlich schön, aber eben unerreichbar war.

So endete das erste Kapitel seiner Geschichte. Es war gut geschrieben und, wenngleich es eine insgesamt sehr traurige Geschichte war, ich vertiefte mich für die nächsten Stunden darin und unterbrach lediglich, um mir eine frische Tasse Kaffee zu holen, beziehungsweise als mich der Kaffee dazu zwang, das stille Örtchen aufzusuchen.

Im nächsten Kapitel erzählte Benjamin ausführlich, immer wieder von anderen Erinnerungen an Hannah unterbrochen, wie es zum Höhepunkt seiner Beziehung zu ihr kam, nämlich dem Moment, in dem er ihr ein Lächeln ins Gesicht zauberte. Ein Moment, der ihm viel bedeutete, ihm aber keinen weiteren Gewinn brachte, denn auch danach änderte sich nichts am Nichts.

…

Die Tage vergingen, aus ihnen wurden Wochen, Monate und auch ein Jahr. Ich suchte und fand sie auch weiterhin, doch wie eh und je achtete ich sorgfältig darauf, dass kein Mensch merkte, was sich in meinem Kopf abspielte. Sie hat es nie bemerkt, meine besten, wenn auch nicht zahlreichen Freunde genauso wenig und irgendjemand anderes sowieso nicht. Ich träumte von ihr, am Tag wie in der Nacht, und versuchte mir vorzustellen, wie das Wunder doch noch wahr werden konnte. Ich stand in Gedanken hundertmal vor ihrer Tür und sang ihr die schönsten Liebeslieder. Stunden verbrachte ich auf der Suche nach Wegen und Möglichkeiten, um sie kennenzulernen, doch ich fand keine, deren Realisierung ich auch nur annähernd gewachsen gewesen wäre. Sie zu sehen, war der Grund, warum ich eigentlich noch zur Schule ging. Der nicht auszulöschende Funke Hoffnung auf ein Happy-End ließ mich das Unerträgliche meines gesamten Daseins ertragen, trotz aller Aussichtslosigkeit hinsichtlich einer Besserung der Lage.

...

Es dauerte danach rund sechzig Seiten, ehe es zum Tag kommen sollte, an dem er Hannah Klamm ihr Gedicht zukommen ließ. Sechzig Seiten, auf denen er ausführlich von einer neuen Liebe nach dem Ende seiner Schulzeit erzählte, die genauso unglücklich verlief und ihn genauso intensiv beschäftigte, wobei er sich hier aufgrund seiner Erfahrungen zum ersten Mal überwand, seine Gefühle dann doch zu offenbaren. Er wollte schließlich nicht mit einem weiteren Traum ohne Ende dastehen. Hannah Klamm war damit auch nicht die erste Frau, die ein Gedicht von ihm bekam, denn diese zweite Liebe fand auf diese Weise und mehrere Umwege ihr Ende zuerst.

Seine Geschichte endete kurz nachdem er über seine anonyme E-Mail-Adresse eine zwar höfliche, aber auch irritiert distanzierte Antwort von Hannah erhalten hatte. Der Inhalt dieser Nachricht schien ihm klarzumachen, dass damit nun wirklich ein Schlusspunkt gesetzt war und eine Fortsetzung auch keinen Sinn machte. Er hatte ihr dann noch eine abschließende Nachricht geschickt, in der er sich für seine Aktion entschuldigte und ihr versicherte, dass seinerseits nichts mehr kommen würde. Und dennoch blieb es eine unendliche Geschichte, was das Ende seiner Niederschrift bereits durchaus erahnen ließ.

…

Ich hatte tatsächlich getan, was ich tun musste, auf einem fragwürdigen Weg zwar, aber immerhin. Ich hatte den Traum so zum Platzen gebracht, dass ich nicht mehr leugnen konnte, es nicht vernommen zu haben. Ein langes Kapitel meiner Vergangenheit, dem ich jahrelang zulief, mich zu quälen, fand damit sein Ende und ein neues Kapitel musste unweigerlich beginnen. Wie aber würde dieses Kapitel nun aussehen?

Ich war erstaunt, als ich am Ende auf die Uhr sah und es schon halb zwölf vorbei war. Erstaunt darüber, wie diese Geschichte mich in ihren Bann ziehen konnte. Und ich war irgendwie niedergeschlagen, denn es war die Geschichte eines jungen Menschen, der schlicht und ergreifend gefangen war. Seine Wirklichkeit hatte mit der Wahrheit offensichtlich nicht viel zu tun. Wenn er den Mut gehabt hätte, seine Gefühle zu zeigen, dann hätte er mit Sicherheit auch Gefühle anderer erfahren. Vielleicht nicht genau an der Stelle und auf die Weise, wie er es sich erträumte, aber eben wirklich und wahrhaftig und vielleicht sogar besser als erhofft. Stattdessen fraß er alles in sich hinein und konnte nicht aus sich heraus, weil er Angst hatte, ausgelacht zu werden, und weil ihm Gefühle der Minderwertigkeit einredeten, ohnehin chancenlos zu sein.

Ich fragte mich, warum er eigentlich nicht längst schon Hilfe von irgendwem bekommen hatte. Spielte er seine Rolle über all die Jahre so gut, dass niemand das Ausmaß seiner Hilflosigkeit dem Leben gegenüber erkannte? Oder lag dies tatsächlich vielleicht einfach daran, dass sein psychisches Leiden angesichts seiner äußeren Lebensumstände nicht ernst genommen wurde oder werden konnte? Bist du arm und verlierst ein Bein, weiß jeder, dass du Hilfe brauchst. Aber bist du reich und nimmst Schaden an deiner Seele, wer nimmt dir das ab?

Hannah Klamm ist nun nicht mehr zu helfen, bei Benjamin Michels wird es schwierig, dachte ich mir, und noch schwieriger, wenn ihm das Verbrechen angehängt wird. Ich legte den Stapel Papier zurück in den Aktendeckel und schloss diesen.

Entspannt drehte ich mich auf dem Sofa etwas zur Seite, so dass ich durch die Fensterscheiben freien Blick auf einen strahlend blauen Himmel hatte, während ich mir weitere Fragen stellte. Warum wünschte er sich, nie geboren worden zu sein? War es der Frust über ein grausames Verbrechen, das er aus Verzweiflung selbst begangen hatte? Oder war es die Enttäuschung darüber, dass seine Hilflosigkeit Hannah Klamm in eine unglückliche Situation brachte, die sie das Leben kostete? Wie passte das alles zusammen? Die Art und Weise wie er seine Erinnerungen beschrieb, das Gefühl, das darin steckte, lief so jemand mit einem Messer in der Tasche herum? Wie, verdammt nochmal, konnten wir Licht ins Dunkel bringen? Und hatte ich mir diese Fragen nicht schon einmal gestellt? Warum hatte ich immer noch keine klaren Antworten? Ich schüttelte ahnungslos mit dem Kopf und stieß einen Seufzer aus.

Je mehr Zeit verstrich, seit ich mit dem Lesen seiner Geschichte fertig war, desto sicherer war ich mir, dass Michels unschuldig war. Seine zweite Liebe, von der er erzählte, hatte ihn ja auch enttäuscht, und sie war deshalb dennoch nicht von ihm umgebracht worden.

Ich verbrachte die nächste Zeit damit, mir tatsächlich selbst etwas zu kochen, mit den Zutaten, die mir ungeplant dafür zur Verfügung standen, um es anschließend genüsslich in aller Ruhe zu verzehren.

Um Viertel nach eins war ich wieder unterwegs zum Kommissariat zu meiner Verabredung mit meinem Kollegen. All die Zuversicht und Hoffnung, die ich dabei tatsächlich im Blick auf einen Durchbruch in unserem Fall verspürte, hatte sich jedoch bereits um sechzehn Uhr fünfzehn, als Jens mich wie am Vorabend nach unserer Rückkehr am Kommissariat absetzte, wieder in Frust und Enttäuschung umgewandelt. Das Gespräch mit dem Rentnerpaar war ergebnislos verlaufen. Sie hatten uns mit der Aussage abgespeist, dass wir den Täter doch schließlich bereits hätten und sie ohnehin nichts zur Klärung beisteuern könnten. Auf ein weiteres Gespräch und weitere Nachfragen wollten sich die beiden in keinster Weise einlassen. Mit der Polizei schien es dieses Paar wohl nicht so zu haben.

Davor und danach verbrachten wir insgesamt fast eine Stunde damit, das Haus der Wilhelms zu observieren, wobei aber lediglich der Eindruck entstand, dass niemand zuhause war. Nachdem wir wiederholt den fragenden Blicken einiger spazierengehender Anwohner ausgesetzt waren, denen wir in Jens' Wagen am Straßenrand parkend offensichtlich ein Dorn im Auge waren, entschlossen wir uns, erneut den Tatort aufzusuchen, an dem uns aber auch nichts in den Sinn kam, was dort nicht schon war.

Unmittelbar darauf folgte die ratlose Rückkehr nach Calw. Morgen würden wir nochmals bei der Spurensicherung nachhaken, deren Bericht ausführlich studieren, vielleicht würde uns ja dann etwas über den Weg laufen, was wir bislang nicht kannten. Auch würden wir uns nochmals mit Benjamin Michels unterhalten, womöglich war ihm noch etwas eingefallen, das uns und ihm weiterhelfen konnte. Jens und ich versuchten, uns gegenseitig Mut zu machen, dass wir den Fall doch noch zweifelsfrei aufklären würden, aber es gelang uns beiden nicht wirklich.

Ich fuhr nach Hause und war enttäuscht. Ich dachte daran, dass mir eine Tasse Kaffee nun gut tun würde, ließ mich in meiner Wohnung jedoch direkt aufs Sofa zurückfallen und verharrte in einer halb liegenden Position für einige Minuten, während meine Gedanken ziellos durch die Gegend streiften und ich auch nicht die Lust verspürte, sie daran zu hindern. Dass es draußen gutes Wetter war, war mir inzwischen auch egal. Irgendwann streifte ich mir die Schuhe ab und schaltete zur Ablenkung und mangels Alternativen das Fernsehgerät ein.

Ohne eine Orientierung zu haben, was alles lief, zappte ich mich durch die Sender und blieb nach einiger Zeit bei einem nicht mehr ganz neuen Film hängen, den ich zwar schon kannte, von dem ich mir aber dennoch etwas Unterhaltung und Zerstreuung erhoffte. Die nächste Werbepause nutzte ich, um es mir zunehmend gemütlicher zu machen. Ich holte mir eine Flasche Wasser und ein Glas, zog mir eine Jogginghose an und legte die Beine hoch. Zudem war ich vorausschauend genug, um mir fürs Abendbrot rechtzeitig Brötchen aus dem Gefrierschrank zu holen, so dass ich während des nachfolgenden Filmes, der noch älter war als der erste, dafür sorgen konnte, dass mir nachts nicht der Magen knurren würde.

Es war damit alles in allem ein Sonntag, der mir im Nachhinein keine Zufriedenheit schenken würde, aber wenigstens konnte ich das Problem eines Falles, der keine eindeutige und meinen Vorstellungen entsprechende Lösung versprach, am Ende wieder für einige Stunden vergessen.

Das Ende des zweiten Filmes verpasste ich, denn nachdem ich mich gesättigt hatte, machte ich mich auf dem Sofa lang und schlief irgendwann ein.

15

Genau wie drei Tage zuvor, nur etwas früher am Abend, kam ich mir sehr zerknittert vor, als ich realisierte, dass auf dem Couchtisch mein Handy klingelte. Ich griff es mir und nahm das Gespräch direkt im Liegen an, obwohl mir die Nummer auf dem Display gar nichts sagte. Kurz angebunden brummte ich nur ein zerknirschtes *Ja* ins Telefon.

„Hallo. Spreche ich mit Kommissar Schulte?" kam es leicht unsicher vom anderen Ende des Funknetzes.

„Ja. Und wie kann ich Ihnen helfen?" fragte ich und wurde dabei langsam etwas aufmerksamer.

„Sie haben uns gestern im Bauwagen besucht und haben Ihre Karte dagelassen. Martin Vogel mein Name. Ich weiß nicht, ob es wichtig ist, aber es könnte sein, dass am Donnerstagabend doch jemand im Bauwagen war", sagte er mit einem ganz leichten Anklang von Nervosität in der Stimme.

„Wer?" fragte ich jetzt hellwach, setzte mich auf und schaute nebenbei auf die Uhr am Satellitenreceiver, der sich inzwischen selbst abgeschaltet hatte, um festzustellen, dass es bereits fast halb zehn war. Kein Wunder, dass es schon recht finster war.

„Keine Ahnung. Ein Kumpel von mir hat sich vorhin nur aufgeregt, dass am Freitag, als er um den Mittag wegen der ganzen Aufregung in der Nacht draußen mal nach dem Rechten gesehen hat, noch leere Flaschen auf einem Tisch standen, obwohl wir uns vor einiger Zeit klar geeinigt hatten, dass gefälligst auch aufgeräumt wird, wenn man abhaut", erklärte mir der junge Mann etwas hektisch.

„Und warum hat er uns das nicht gesagt, als wir gestern da waren? Ein Kollege von uns war am Freitag auch schon da", hakte ich leicht verärgert nach.

„Er war da halt nicht da. Er war von Freitag bis heute weg. Wir haben das alle ja nicht gewusst. Was soll ich denn machen?" kam es ebenfalls leicht gereizt zurück.

„Kann es sein", wollte ich nun genauer wissen, „dass die Flaschen auch schon seit Mittwoch herumstanden?"

„Nein, ganz sicher nicht, denn am Mittwoch war ich bei den Letzten dabei und wir haben alles aufgeräumt", antwortete er. „Theoretisch könnte es aber am Donnerstag den ganzen Tag über passiert sein, es muss nicht unbedingt am Abend gewesen sein."

„Lässt sich das nicht nachvollziehen? Ihr habt doch sicherlich in der Runde darüber gesprochen, wenn es euch so wichtig ist, dass die Bude sauber gehalten wird?" fragte ich.

„Das wollte natürlich keiner gewesen sein. Also von denen, die da waren. Waren ja nicht alle. Von daher, keine Ahnung, ob wir die Verantwortlichen noch finden", sagte er.

„Keine Chance? Gibt es vielleicht eine Liste, in der man die Getränke einträgt, oder wird bei euch alles immer sofort bezahlt? Oder irgendetwas anderes?" blieb ich hartnäckig dran.

„So eine Liste gibt es schon, allerdings glaube ich nicht, dass man da was draus schließen kann, die ändert sich ja ständig und es schaut ja hauptsächlich jeder bei sich selbst und nicht bei den anderen", meinte er.

„Hat da keiner ein bisschen den Überblick? Jemand muss doch nach der Liste sehen, oder danach, dass auch alles bezahlt wird", fuhr ich fort.

„Nicht direkt. Wir Älteren schauen da gemeinsam danach. Also auch ich, aber ich bekomme deshalb nicht mit, wer wann wie viel Bier trinkt, außer wenn es vielleicht mal ungewöhnlich viel ist", sagte er und musste am Ende kurz lachen.

„Kann ich die Liste sehen? Sind Sie noch im Bauwagen?" wollte ich wissen.

„Klar können Sie die sehen. Aber ich bin nicht mehr draußen, wir sind erst vorhin alle weg. Reicht das auch morgen Abend noch?" erwiderte er.

Ich dachte kurz nach. Doch der kleinste Funke Hoffnung auf eine Spur hatte schon ein kleines Feuer in mir entfacht. „Heute noch, wenn es geht", sagte ich. „Ich kann in einer halben Stunde da sein."

„Na gut, wenn Sie meinen. Dann werde ich Sie in einer halben Stunde im Bauwagen erwarten", antwortete er, als bliebe ihm nichts anderes übrig.

Ich dankte ihm für seine Hilfe und verabschiedete mich. Schlagartig war meine ganze Schwerfälligkeit und Müdigkeit wieder von mir gewichen. Zum ersten Mal in diesem Fall kam jemand mit einem Hinweis von außen auf uns zu. Und zum ersten Mal präsentierte sich ein Detail, das nicht zu Benjamin Michels als dem Täter passte. Ich war äußerst gespannt und gleichzeitig dämmerte mir aber auch, dass die Chance auf eine

Spur in dieser Sache ziemlich sicher erheblich kleiner war als die Chance darauf, dass sich nichts Bedeutendes dahinter verbarg.

Wenige Sekunden nachdem ich den Anruf beendet hatte, war ich bereits mit Jens verbunden und teilte ihm die Neuigkeit mit. Er reagierte offensichtlich weniger euphorisch als ich, war aber dennoch sofort bereit, mit mir gemeinsam die erneute Fahrt nach Wildberg anzutreten und dabei auch wieder einmal den Fahrer zu spielen. Zehn Minuten später holte er mich ab, dieses Mal zuhause.

Martin Vogel erwartete uns in der Dunkelheit vor dem Bauwagen und drückte seine Zigarette aus, als wir aus dem Wagen stiegen. Freundlich begrüßte er uns per Handschlag und führte uns dann ins helle Innere, wo auf der Theke bereits die Liste zu sehen war.

„Ich kann mir nicht vorstellen, dass Ihnen das etwas hilft", sagte der junge Mann, als wir die letzten Schritte zur Theke machten, und schob uns die Liste dann einige Zentimeter entgegen.

Ich ließ sie liegen, drehte sie lediglich so hin, dass Jens und ich gemeinsam einen Blick darauf werfen konnten. Interessiert studierten wir das nicht unbedingt eindeutig strukturierte Papier. Zu sehen war eine große Tabelle mit recht kleinen Feldern. Die erste Spalte enthielt eine lange Liste von vorgedruckten Namen, zuzüglich einiger von Hand eingetragenen am unteren Ende. Daneben waren drei weitere Spalten für drei unterschiedliche Preiskategorien. Die Strichansammlungen, die in den Kästchen gemacht waren, waren zum Teil durchgestrichen, zum Teil nicht. Noch ehe ich die Namen durchgegangen war, zeigte Jens mit dem Zeigefinger auf einen der weit untenstehenden handgeschriebenen.

„Schau mal hier! Bernd Wilhelm war auch da", sagte er leicht überrascht, was direkt auch bei Martin Aufmerksamkeit erregte.

„Der Bernd, woher kennen Sie denn den?" fragte er und wandte sich uns dabei etwas direkter zu. „Der war schon einige Zeit nicht mehr hier, hat aber durchaus noch ein paar Euro Schulden."

„Wieso Schulden?" fragte ich, meinen Blick auf die Liste gerichtet. „Da ist doch alles durchgestrichen."

Martin Vogel schob sich dichter an uns heran und warf nun ebenso einen neugierigen Blick auf die Tabelle. „Das ist mir neu", erklärte er irritiert. „Die Rechnung ist schon seit Wochen offen, da haben wir uns schon einige Male drüber unterhalten. Ich hab ihn schon lange nicht mehr hier gesehen."

Jens und ich schauten uns mit hochgezogenen Augenbrauen und gerunzelter Stirn schweigend an.

„Glauben Sie etwa, dass er vielleicht am Donnerstag hier gewesen sein könnte?" fragte Martin nun interessiert.

„Käme er denn hier herein, wenn er wollte?" wollte Jens wissen.

„Ja, normal schon. Er hat zwar keinen eigenen Schlüssel, aber wir haben für den Notfall draußen einen versteckt und wo sich der befindet, wissen die meisten von uns", gab Martin zur Antwort.

„Okay", sagte ich. „Gibt es sonst vielleicht noch etwas an der Liste, was Ihnen bislang nicht aufgefallen ist?" Nebenbei schob ich Martin das Papier hin, dass er es sich nochmals genau anschauen konnte.

Nach wenigen Momenten schüttelte er den Kopf. „Nein, sonst ist absolut nichts Außergewöhnliches zu erkennen."

Jens legte nun eine Hand auf die Liste, zog sie zu sich heran und wandte sich an Martin. „Wir würden das Papier gerne mitnehmen. Aber keine Sorge, wir lassen Ihnen die Liste umgehend wieder zukommen, vielleicht auch nur eine Kopie davon, was Sie aber nicht stören wird, denke ich."

Mein Kollege erntete dafür ein verständnisvolles Nicken.

Wir dankten ihm für seine Hilfe, verabschiedeten uns, ließen ihn im Bauwagen stehen und machten uns schnurstracks auf den Weg zum Auto.

„Was meinst du?" fragte mich Jens übers Dach seines Wagens hinweg, während er die Fahrertür öffnete. „Ob der junge Herr Wilhelm wohl schon schläft?" Dann stieg er ein und ich tat es ihm gleich.

„Und wenn schon, mir macht das nichts aus, wenn wir ihn wecken", antwortete ich, als er den Motor startete. „Bin gespannt, was er zu seiner plötzlich bezahlten Rechnung sagt!"

„Aber …", warf Jens mit Nachdruck ein und ließ eine mahnende Pause, „… wirklich viel ist das noch nicht, was wir hier haben und es könnte immer noch sein, dass absolut nichts Wesentliches dahinter steckt. Vergiss dass nicht!"

Nickend stimmte ich ihm stillschweigend zu, was ich allerdings dachte und hoffte, war das genaue Gegenteil. In der Ruhe vor dem möglichen Sturm fuhren wir die wenigen Momente bis zum Haus der Wilhelms durch die klare und milde Nacht.

Als das Haus in Sichtweite kam, drosselte Jens das Tempo, so dass wir die Lage in Ruhe überschauen konnten. Es brannte Licht, in mindestens zwei Räumen, die Chance, dass er zuhause und auch noch nicht zu Bett gegangen war, war damit logischerweise sehr groß. Ansonsten war nichts Auffälliges wahrzunehmen, so dass wir direkt vor dem Haus anhielten. Wir brauchten uns ja nicht zu verstecken, denn schließlich waren wir hier, um Bernd Wilhelm zur Rede zu stellen.

„Gehen wir nach irgendeiner Taktik vor?" fragte Jens, den Blick zum Haus gerichtet, nachdem er den Motor abgestellt hatte.

Ich brauchte einen Moment. „Ja", sagte ich dann. „Wir lassen ihn erst nochmals sagen, dass er schon lange nicht mehr im Bauwagen war. Dann überzeugen wir ihn vom Gegenteil und warten ab, wie er sich wohl herauszureden versucht."

„Und wie willst du das machen?" wollte Jens wissen und wandte mir seinen interessierten Blick zu.

„Na ja, wir sagen ihm einfach, dass wir aus gegebenem Anlass dringende Nachforschungen in Richtung

Bauwagen betrieben und fragen ihn, ob er uns da nicht ein paar Infos dazu geben könnte. Wir bitten ihn als quasi Außenstehenden mit Insider-Wissen um Hilfe und nebenbei lässt sich die Frage, wann er zum letzten Mal da war, ganz einfach unterbringen. Wenn er es nicht schon von sich aus erzählen sollte", erklärte ich und Jens nickte es spontan ab.

Wir stiegen aus und gingen durch den Vorgarten zur Haustür. Es war ruhig ums Haus und von drinnen war auch nichts zu hören. Jens drückte auf die Klingel, doch es kam keine Reaktion. Auch als Jens den Knopf zum wiederholten Male drückte, tat sich nichts.

Ein Geräusch, das meiner Meinung nach von hinter dem Haus gekommen war, ließ uns plötzlich aufhorchen. Es war nur ein Klappern, als ob etwas umgefallen war, ohne allerdings kaputtgegangen zu sein. Wir warfen uns kurz einen Blick zu und zuckten beide ratlos mit den Schultern. Während sich Jens einen Moment später nach links bewegte, dort im Vorbeigehen einen Blick durch ein Fenster wagte, widmete ich mich der rechten Seite.

„Wir treffen uns hinterm Haus", stellte Jens den Plan klar, als wir uns bereits einige Meter entfernt hatten, und verschwand dann auf seiner Seite ums Eck.

Ich ging durchs Gras nach rechts, mit etwa zwei Metern Abstand der Hauswand entlang, von wo alle Blicke durch irgendwelche Fenster keine neuen Erkenntnisse brachten. Mindestens im Flur jedenfalls brannte Licht, doch zu sehen war niemand. Als ich hinten ums Eck kam, war Jens schon da und deutete auf die Terrassentür, die, wie leicht erkennbar war, einen Spalt offen stand. Das Wohnzimmer, vermutlich, in das diese Tür führte, war dunkel. Neben der Tür lag auf der ansonsten leeren Terrasse auch der Gegenstand, der vermutlich das Geräusch verursacht hatte: ein zusammengeklappter Campingstuhl.

Als ich sah, dass Jens vorsichtshalber seine Dienstwaffe gezogen hatte, fiel mir ein, dass meine sicher verwahrt in der obersten Schublade des Schreibtisches in meinem Büro zu finden war. Helfen würde sie mir dort nicht, aber genauso wenig lief ich auf diese Weise Gefahr, auf jemanden schießen zu müssen, ging es mir durch den Kopf, und das war mir recht. Andererseits erwartete ich auch nicht, dass wir hier wirklich in ernsthafte Gefahr geraten würden, selbst wenn Bernd Wilhelm etwas mit dem Verbrechen zu tun hatte. Meine Vermutung ging eher in die Richtung, dass jemand das Haus durch die offene Tür verlassen hatte, als dass sich jetzt noch ein Unbefugter darin befand. Jens schüttelte mit dem Ansatz eines Grinsens im Gesicht den Kopf, als er bemerkte, dass ich unbewaffnet war. Entsprechend ließ ich ihm dann auch den Vortritt.

Vorsichtig öffnete er die Tür und gab sich beim Eintreten direkt ordnungsgemäß und lautstark als Kriminalpolizei zu erkennen. Ich ließ meinen Blick derweil durch den Garten schweifen, der aufgrund einer recht hohen Hecke jedoch keinen besonderen Blick auf das dahinter liegende freie Feld eröffnete. Wenn ich hier abhauen müsste, in welche Richtung würde ich dann flüchten, fragte ich mich. Anstatt jetzt willkürlich die

Verfolgung aufzunehmen, schien es mir allerdings sinnvoller, Jens ins Haus zu folgen und zuerst dort die Situation zu klären. Was, wenn doch jemand da drin war, der nicht hineingehörte? Also folgte ich meinem Kollegen. Schritt für Schritt gingen wir mit größter Aufmerksamkeit durch das dunkle Wohnzimmer in Richtung einer verschlossenen Tür, die vermutlich in den Flur führte. Durch den Spalt am Boden konnte man zumindest erkennen, dass auf der anderen Seite das Licht an war.

Jens öffnete die Tür und wir gingen in den Flur, der uns auf den ersten Blick zahlreiche Möglichkeiten eröffnete. Mein bewaffneter Kollege machte sich direkt auf den Weg, Raum für Raum auf unserer Ebene zu sichern, während mein Blick auf ein Stück Papier fiel, im DinA4-Format, das auf einer Kommode lag, seitlich leicht unter die dort stehende Telefonstation geschoben, damit es nicht herunterfallen konnte.

Es war ein handgeschriebener Text, der etwa die Hälfte einer Seite füllte, abgeschlossen mit *Euer Bernd*, was mir gleich extrem seltsam vorkam. Schnell überflog ich den Text und es bewahrheitete sich, was mir als Erstes in den Sinn gekommen war.

„Jens", rief ich mit Nachdruck, „hier liegt ein Abschiedsbrief von Bernd, wir müssen von Selbstmord ausgehen. Er schreibt, dass er mit dem, was er Hannah angetan hätte, nicht mehr länger klarkommen würde. Entweder muss er hier im Haus sein oder er hat sich vorhin auf den Weg gemacht, um das irgendwo anders durchzuziehen."

„Hier unten ist er nicht", gab Jens gut hörbar zurück, deutete mit der Hand nach oben und ging eilig in Richtung Treppe.

Oben gingen wir ohne zu zögern in unterschiedliche Räume. Dass ich keine Waffe dabei hatte, störte mich nun nicht mehr im Geringsten, da ich nun mit vollster Gewissheit von keiner Gefahr mehr für unser beider Leben ausging. Stattdessen machte mir der junge Wilhelm Sorgen. Noch ehe ich mich richtig im ersten Raum umsehen konnte, meldete sich Jens aus dem Nachbarzimmer.

„Ruf den Notarzt!" wies er mich an. „Sieht nach einer Überdosis Tabletten aus."

Ich griff mir direkt mein Handy und wählte den Notruf, während ich zu ihm hinüberging. Dort lag der junge Mann, den wir gestern noch an der Haustür befragt hatten, regungslos auf einem Bett und Jens überprüfte Atmung und Puls.

16

So dramatisch der Tod von Hannah Klamm immer noch war, was in den nächsten Stunden folgte, hatte dennoch etwas Befriedigendes an sich. Es war zwar letztlich nicht uns persönlich vergönnt, Hannahs Mörder Dingfest zu machen, aber was nur kurze Zeit vorher überhaupt nicht möglich schien, trat nun doch ein: Der Fall wurde lückenlos aufgeklärt.

Wir waren rechtzeitig gekommen. Bernd Wilhelm hatte zwar tatsächlich eine Menge eines Medikaments in sich, die tödlich hätte sein können, nicht mehr jedoch, nachdem ihm der Magen ausgepumpt wurde. Als es uns dann gegen Mitternacht sogar ermöglicht wurde, kurz mit ihm zu sprechen, erfuhren wir, dass es sinnlos war, innerhalb Wildbergs nach dem zweiten Täter zu suchen. Die Kollegen, die hier seit zwei Stunden wieder verstärkt Streife fuhren, um nach dem Unbekannten Ausschau zu halten, der uns bei Wilhelms durch die Hintertür entwischt war, konnten ihre Arbeit einstellen. Es war davon auszugehen, dass er als Auswärtiger die Stadt längst verlassen hatte. Dass ihm das mit dem letzten Zug gelungen war, erfuhren wir erst bei seiner Vernehmung.

Geschnappt wurde er jedenfalls noch in der Nacht von unseren Kollegen in Karlsruhe, die ihn dort bei seiner späten Rückkehr unmittelbar vor seiner kleinen Wohnung in Empfang nahmen. Über die wenigen Infos, die Bernd uns unmittelbar gegeben hatte, war er für uns eindeutig identifizierbar. Und anscheinend war sein Denken beschränkt genug, dass er sich genau dieses Szenario nicht vorstellen konnte und stattdessen annahm, es würde so schnell niemand nach ihm suchen.

Bernd konnten wir bereits am folgenden Tag ausführlich vernehmen. Seine Version bezüglich des Tathergangs unterschied sich zwar erheblich von dem, was uns der etwa gleichaltrige junge Mann namens Peter Kober erzählte, sie war jedoch deutlich glaubhafter und sollte sich im Endeffekt auch als unzweifelhaft korrekt erweisen.

Das Unglück hatte seinen Lauf genommen, als Bernd, der mit seinem Leben auch nicht wirklich zufrieden war, im Internet über ein dubioses Netzwerk Kontakt zu Menschen suchte, die ihn und seine Unzufriedenheit verstanden. Leider entstand dabei diese über alle Maßen unheilbringende Beziehung zu Peter Kober, der am Ende sogar versuchen sollte, Bernds Selbstmord vorzutäuschen, um dadurch von seiner eigenen Schuld abzulenken. Es handelte sich bei Kober um einen jungen Mann von sehr dominantem Charakter, bei hohem aggressivem Potenzial und geringer Moral, der in jener Nacht von Donnerstag auf Freitag unter Alkoholeinfluss auch nicht davor haltgemacht hatte, Hannah Klamm kurzerhand mit seinem Klappmesser niederzustechen. Er war brutal ausgerastet, weil sie sich seiner dreckigen Anmache widersetzt und auf sein Begrapschen mit dem Versuch reagiert hatte, ihm in die Weichteile zu treten.

Bernd spielte bei diesem Geschehen wahrscheinlich im Wesentlichen die Rolle eines Statisten, der sich, wie er aussagte, angesichts der Brutalität seines Kameraden überrascht und geschockt zeigte und nicht mehr klar denken konnte. Panik ließ ihn beim Verbrechen untätig zusehen und im Anschluss, als Benjamin Michels auf der Bühne erschien, gemeinsam mit dem Täter unentdeckt über die Felder nach Hause flüchten. Am Freitagmorgen hatte Bernd seinen Kameraden dann auf dem Weg zur Arbeit in Nagold am Bahnhof abgesetzt, von wo dieser die erste Rückkehr nach Karlsruhe antrat. Nach Wildberg gekommen war er im Übrigen erst wenige Stunden vor der Tat und geplant war eigentlich, dass er den Rest der Woche blieb. Als der Spaziergang am späten Abend, unterbrochen von einem Kurzaufenthalt im verlassenen Bauwagen, jedoch in der völlig zufälligen, aber tödlichen Begegnung mit Hannah gipfelte, wurde dieser Plan hinfällig.

Der Druck, den Peter Kober ab diesem Zeitpunkt mit Worten auf Bernd ausübte, und die Angst, die er bei ihm auf diese Weise erzeugte, sorgten dafür, dass dieser zunächst schwieg. Jedoch war Bernd wohl nicht abgebrüht genug, denn auf unseren Besuch am Samstag reagierte er dermaßen nervös, dass er deshalb Kontakt nach Karlsruhe aufnahm. Daraufhin musste seinem Bekannten dort klar geworden sein, dass Bernd irgendwann umkippen würde, woraufhin er für Sonntagabend seinen erneuten Besuch ankündigte, um, wie Bernd sagte, die Lage zu besprechen und einen Ausweg zu finden. Das Ergebnis ist bekannt.

Benjamin Michels kam noch in der Nacht zum Montag frei, direkt nachdem klar war, dass seine Geschichte nachweislich Hand und Fuß hatte. Ich veranlasste seine Freilassung per Telefonat aus dem Krankenhaus unmittelbar nach dem ersten Gespräch mit Bernd. Trotz vorgerückter Stunde holten ihn seine Eltern bereits ab, als Jens und ich gerade aufs Kommissariat kamen. Seine Mutter hatte Tränen in den Augen, sein Vater blickte drein, als wolle er uns auffressen, schwieg dabei aber, und Benjamin verabschiedete sich im Vorübergehen schweigend mit einem freundlichen und dankbaren Nicken, das wir erwiderten.

Schon am späten Montagnachmittag war der Fall, von zahlreichen Formalitäten abgesehen, für uns im Grunde abgeschlossen. Der junge Mann aus Karlsruhe war uns früh überstellt und noch vormittags von Jens und mir vernommen worden, Bernd Wilhelms Aussage hatten wir etwas später im Krankenhaus aufgenommen und unseren Chef zwischendurch mit einem detaillierten mündlichen Bericht vorläufig zufriedengestellt. Bei Bernd Wilhelm zuhause wie auch in der Wohnung des Täters in Karlsruhe war noch manches Beweismaterial gesichert worden, das wir noch sichten mussten beziehungsweise zum Teil schon zur genaueren Untersuchung weitergeleitet hatten. Aber aufgrund der Aussagen war der Fall bereits mehr als wasserdicht.

Gegen siebzehn Uhr dreißig beschlossen Jens und ich, dass es Zeit wäre, Feierabend zu machen, was wir umsetzten, indem wir uns ganz entspannt in meinem Büro niederließen. Beide lehnten wir uns zurück und genossen es augenscheinlich, dass alle Fragezeichen, die uns die letzten Tage beschäftigt hatten, nun tatsächlich relativ plötzlich beseitigt waren.

„Tja, da lag Kommissar Schulte dann doch wieder mal richtig mit seiner Vermutung", grinste mich Jens, die Arme vor dem Körper verschränkt, an.

Ohne Worte erwiderte ich seinen Blick schulterzuckend mit einem Lächeln.

„Da Benjamin Michels nun aus dem Schneider ist, wie stehst du denn jetzt zu Bernd Wilhelm?" fragte er nach wenigen Momenten etwas provokativ.

„Traurige Geschichte. Noch so eine verlorene Seele." Ich schüttelte mit deutlich weniger erfreutem Gesicht den Kopf. „Wenn er gewusst hätte, auf welches Fiasko er da zusteuert, hätte er sicherlich einen anderen Weg gewählt, um an seiner Unzufriedenheit zu arbeiten."

„Ich bin bloß froh, dass ich mir keine Gedanken um Strafmaße machen muss. Bei Kober hätte ich da weniger Probleme, da fehlt mir jegliches Verständnis für die Brutalität und Abgebrühtheit, mit der er zur Sache ging, aber bei Bernd Wilhelm würde ich mir, glaube ich, echt schwertun", warf Jens ein.

„Da kann ich dir nur zustimmen", bestätigte ich. „Aber selbst beim Täter frage ich mich, wie es eigentlich soweit kommen kann, dass jemand dermaßen auf die schiefe Bahn gerät. Da muss doch in der Entwicklung alles schiefgelaufen sein, was nur schieflaufen konnte, oder nicht?"

Kurz dachte ich über meine eigenen Worte nach und ergänzte dann: „Wie bei Benjamin Michels, aber auf eine etwas andere Weise."

„Wir leben halt einfach in einer Welt, in der die Wirklichkeit kaum etwas mit der Wahrheit zu tun hat", kam es plötzlich rechthaberisch von der Seite, genau genommen von Matthias, der wie aus dem Nichts kommend in der offenen Bürotür stand und sich dort, die Arme wie mein Kollege vor dem Körper verschränkt, an den Rahmen lehnte.

225

Jens und ich schauten ihn überrascht an, wobei bei Jens zusätzlich ein Fragezeichen bezüglich der Aussage meines Sohnes im Gesicht stand.

„Ich hab ja eben nicht allzu viel mitbekommen, aber es hörte sich so an, als sei alles anders gekommen als gedacht?" fragte Matthias mit neugierigem Blick.

Jens schaute mich kopfschüttelnd an. „Was hast du ihm denn alles erzählt?"

Ich zog unschuldig die Augenbrauen hoch und sagte schulterzuckend: „Nicht viel. Im Grunde nur, dass ich mit unserem Verdächtigen nicht zufrieden war."

„Und was soll das Gerede von Wahrheit und Wirklichkeit?" legte Jens nach.

Matthias ließ mir davon unbeeindruckt nicht den Hauch einer Chance, etwas darauf zu erwidern. „Er war es also tatsächlich nicht?" wollte er zur Bestätigung wissen.

Ich nickte, während Jens uns mit fragendem Blick abwechselnd anschaute.

„Hast du schon mit ihm geredet?" fragte mich Matthias, woraufhin ich mich zuerst kurz besinnen musste, was er eigentlich meinte.

„Nein. Wann hätte ich das denn tun sollen?" antwortete ich kopfschüttelnd.

„Aber du machst es?" wollte er wissen und warf mir einen ernsten Blick zu.

„Ich habe es vor", sagte ich nickend.

„Geht's um Michels, oder was?" fuhr Jens dazwischen, was ich ihm mit einem knappen *Ja* beantwortete, das er wiederum kopfschüttelnd zur Kenntnis nahm.

„Was ist denn?" fragte ich und begann zu grinsen. „Ich muss doch auf Nummer sicher gehen, dass ihm jetzt, da er wie erwartet unschuldig ist, auch wirklich geholfen wird. Und nachdem in unserem Fall am Ende die Wahrheit tatsächlich doch noch zur Wirklichkeit geworden ist, halte ich es nur für fair, wenn es bei Michels nach so vielen Jahren auch endlich so kommt!"

Erstaunt, aber anerkennend nickte Matthias meine Worte ab.

„Ihr habt sie doch nicht mehr alle!" warf Jens in den Raum. „Seine Geschichte ist ja echt herzzerreißend, aber irgendwann ist es auch gut, was das Mitgefühl betrifft. Wäre es jetzt nicht eher unsere Aufgabe, uns Gedanken zu machen, wie wir die Kobers dieser Welt in den Griff bekommen, damit es zukünftig weniger Klamms gibt. Das ist doch die Wirklichkeit, in der wir leben, oder nicht?"

„Aber das eine zu tun, bedeutet auch nicht zwingend, das andere zu lassen. Ganz abgesehen davon, dass ich eben zu mehr Vorsicht im Umgang mit dem raten würde, was wir für die Wirklichkeit halten", entgegnete Matthias direkt. „Michels war euer Verdächtiger?" unterbrach er sich selbst kurz, um nach unserer Bestätigung dann fortzufahren. „Er ist das beste Beispiel dafür, und zwar in dreifacher Hinsicht", mahnend hob er dabei den Zeigefinger, „dass das, was wirklich zu sein scheint, nicht immer der Wahrheit entspricht."

„Wieso gleich in dreifacher Hinsicht?" stellte Jens die Frage, für die mein Sohn, so war mein Eindruck, extra eine Pause gewährt hatte.

„Na ja, zunächst mal sprach doch alles dafür, dass er wirklich der Täter ist, was jedoch, wie ihr herausgefunden habt, mit der Wahrheit nichts zu tun hatte. Dieser Punkt dürfte für euch aber auch keine allzu große Überraschung darstellen, da es schließlich euer Job ist, sich davon nicht täuschen zu lassen." Seine Augenbrauen hoben sich für exakt den Moment, den er verstreichen ließ. „Als Zweites entspricht ja wohl die Wirklichkeit, in der Michels zu leben glaubt, ebenfalls nicht der Wahrheit. Dem nach, was ich mitbekommen habe, muss er ein junger Mann sein, weder dumm noch hässlich, dem im Grunde viele Wege offen ständen, wenn es ihm nur gelingen würde, sich von seiner die Sicht der Dinge verzerrenden Perspektive zu befreien. Er braucht hier zwingend eine Korrektur."

„Und drittens?" fragte ich in die neuerliche Pause hinein.

„Das ist dann wieder unser Problem. Wenn wir Michels und das Umfeld sehen, in dem er lebt, dann sehen wir jemanden, bei dem wir es uns unmöglich vorstellen können, dass es ihm schlecht gehen könnte. Das Problem ist dabei, dass wir glauben, perfekte Lebensumstände würden automatisch ein zufriedenes und gelingendes Leben nach sich ziehen, allerdings nimmt zum Beispiel eine Depression darauf eben nicht unbedingt Rücksicht. Und dann hat das, was wir im Blick auf ihn für die Wirklichkeit halten, mit der seinen nichts zu tun. Die Dinge sind einfach allzu oft anders, als sie zu sein scheinen. Das ist ein Problem unserer Vorurteile, das es Michels nicht einfacher macht."

Jens nickte zustimmend, entgegnete dann aber: „Das mag alles sein, ändert aber nichts an der Existenz von Typen wie Peter Kober. Oder willst du etwa behaupten, dieses Problem zum Beispiel wäre kein wirkliches?"

„Nein, das hab ich doch gar nicht gesagt", begann sich Matthias zu verteidigen, um sich vor der Fortsetzung zu versichern, dass es sich bei Peter Kober um den Täter handelte. „Ich wollte nur darauf aufmerksam machen, dass es sich zum einen lohnen könnte, die eigene Vorstellung der Wirklichkeit immer wieder zu hinterfragen, und dass es zum anderen nicht schaden würde, wenn wir anderen Menschen grundsätzlich mit etwas weniger Schubladendenken begegnen würden. Ich denke, auf diese Weise würde sich schon sehr vieles positiv verändern. Weniger Michels, weniger Kobers und, wenn Klamm euer Opfer ist, dann auch weniger Klamms."

„Okay", antwortete Jens schulterzuckend und wenig überzeugt. „Was mich aber noch interessieren würde: Wenn wir denn mit unserer Einschätzung der Wirklichkeit so häufig daneben liegen oder die Wirklichkeit unserer Welt mit der Wahrheit so wenig zu tun hat, wie du vorhin behauptet hast, was ist dann deiner Meinung nach eigentlich die Wahrheit?"

Ich lehnte mich genüsslich zurück, als ich diese Frage hörte, und wartete gespannt darauf, was mein Sohn meinem Kollegen nun wohl für einen Vortrag halten würde.

Matthias schaute breit grinsend auf seine Armbanduhr. „Ich hab doch eigentlich gar keine Zeit", meinte er und wandte seinen Blick wieder Jens zu. „Aber gut, ich mach es kurz. Ihr könnt es ja dann ohne mich ausdiskutieren." Für einen Moment ordnete er seine Gedanken. „Ich will es für euch sogar ganz kurz machen", korrigierte er sich. „Die Wahrheit ist, so glaube ich, dass die Welt, in der wir leben, schlicht und ergreifend bei Weitem nicht alles ist, was es gibt, was wir haben und vor allem, was uns erwartet. Und niemand kann übrigens das Gegenteil beweisen. Unsere Wirklichkeit dagegen ist jedoch, dass wir leben, als müssten wir Angst haben, wir kämen zu kurz. Eben, als wäre diese Welt alles. Was uns fehlt und was wir brauchen, ist die richtige Perspektive!"

Mehr kam zu meiner Überraschung nicht und während Jens und ich begannen, darüber nachzudenken, wünschte uns Matthias einen schönen Feierabend, teilte mir schnell mit, dass er sich melden würde, und ließ uns dann einfach mit seiner Aussage in meinem Büro zurück.

Als ich ihm hinterherschaute, wurde mir klar, dass ich mir im Blick auf ihn wirklich keine Sorgen zu machen brauchte, und das war ein echt gutes Gefühl. So schlecht er im Erzählen von Witzen war, im Blick auf die wichtigen Dinge des Lebens machte er mich stolz. Vielleicht sollte ich die Ermittlungen bezüglich seiner Wahrheit tatsächlich endlich ernsthaft aufnehmen!